SV

Adolf Muschg
Noch ein Wunsch

Erzählung

Suhrkamp

9. bis 12. Tausend 1979

Druck: Georg Wagner, Nördlingen
Printed in Germany

Ich verdanke mein Leben den Pflanzen, nicht wirklich, aber sie haben es mir ermöglicht, im Strom des Lebens weiterzuschwimmen und nicht unterzugehen, beschwert von Bitterkeit.

Jean-Jacques Rousseau

I

Ganz offenes Feld war es nicht mehr, wo ich stand. Hundert Meter weiter vorn begannen Häuser, war eine Ortstafel zu erraten. Hinter mir leuchtete eine Tankstelle wie ein Schiff aus dem Dunst, und bedient war sie auch. Ich konnte also telefonieren, Hilfe holen. An eine Bagatelle glaubte ich nicht; nicht auf dieser Fahrt. Notfalls konnte ich Anne von hier aus melden, daß ich liegengeblieben war. Liegengeblieben – die Wendung prägte sich ein, als ich, gekrümmt vom langen Sitzen, um eine Andeutung von Schlendern bemüht, die hundert Schritte zur Garage zurücktat. Von Glück konnte man immer reden.

Im Licht einiger nackter Birnen beugte sich ein Mann im Überkleid hinter die Kühlerhaube eines Mercedes. Metall klopfte gegen Metall; ein straffer Fünfziger im Mantel stand daneben und hatte mich, als ich meinen Bericht anbrachte, nur flüchtig angesehen. Was ist los, fragte ich mich, daß ich hier einen Bericht abliefere, statt einen Defekt zu melden? Dabei stand ich einige Augenblicke ohne Hast herum, bevor ich den

Mund öffnete, und zwang meine Stimme zu Gleichmut. Dennoch schloß ich aus dem Befremden, jedenfalls der Unaufmerksamkeit dieser beiden Leute, daß ich schon zu weit gegangen war. Vielleicht hatte es damit zu tun, daß ich meine Lederjacke mit den Händen in der Tasche zusammenzog, als fröre ich. Es kam mir selbst so vor, als ob ich meine Panne nur darstellte und diese beiden Leute durch einen höhnischen, aber unbeherrschbaren Zungenschlag aufforderte, sie nicht ernst zu nehmen. Vielleicht drückte ich mich nur zu gewählt aus. Aber was war denn gewählt an der beiläufigen Frage, was mit meinem Anlasser los sein könne, und an der präzisen Schilderung seines Geräuschs, eines Weinens, es ließ sich nicht einfacher sagen. Es gab den beiden ein technisches Bild meiner Lage, wenn es schon Kenner waren, denn so benahmen sie sich. Einmal kam der Kopf des Tankwarts hinter der Kühlerhaube hervor, aber nur zum Wechseln eines Werkzeugs. Der Wagen hatte eine Basler Nummer, war also ebensowenig von hier wie ich. Dennoch wirkten die beiden Männer eingespielt, obwohl der Autobesitzer ja gar nichts tat, aber auch damit konnte er sich sehen lassen. Und die Arbeit des andern war ein für mich immer unerreichbarer Freundschaftsdienst.

Weiter unten stand mein Wagen allein und blinkte. Die Alarmlichter verzehrten den Rest von Kraft in der Batterie. *Wenn* es doch die Batterie sein sollte. Ich sah die Autos auf der langen Geraden heran- und an meinem Pannenfahrzeug vorbeizischen, ich konnte den Winddruck fühlen, als säße ich noch darin. Zugleich trieb mich die Sorge, man müsse meinem Wagen sofort, ohne jeden Verzug, zu Hilfe eilen, sonst geschehe ein noch größeres Unglück. Strenggenommen war noch gar kein Unglück geschehen, und ich verstand die Männer gut, die sich nicht aus der Ruhe bringen ließen. Meiner da ist schlimmer dran, sagte der Mann im Mantel.

Ich nickte. Das konnte ich mir vorstellen. Die Sorgen anderer Leute sind immer wichtiger. Aber ich wurde um sechs Uhr erwartet. Das war vielleicht übertrieben, darum sagte ich fest: Blöd, daß ich eine dringende Verabredung habe. – Als hätten mich die Männer zu einem Bier eingeladen. In einem andern Augenblick hätte ich mir das wohl gewünscht, aber, wie ich mich kannte, abgelehnt, und erst etwas später bereut. Wenn auch nicht im Ernst. Man will nur kein ungeselliger Mensch sein, und die Anlässe zu spontanen Begegnungen häufen sich in meinen Jahren nicht mehr, man meidet sie sogar.

Erinnerst du dich, wie man damals noch über die Stephansbrücke hin und her gegangen ist, sagte meine Frau gestern vor dem Einschlafen, ohne die Male zu zählen und ohne auf die Uhr zu schauen. Wahr, wenn auch nicht so, daß man deswegen hätte zu weinen brauchen. Damals war man Student gewesen, man hatte sich die Freiheit genommen, Gespräche auszuschöpfen, dafür hatte es am Selbstvertrauen gefehlt, und zurückwünschen konnte man diese Zeit der Verschwendung nicht. Erst die Termine hatten einem beigebracht, was Leben sein könnte, um den Preis allerdings, daß man es nun erst zu vermissen begann.
Der Mann im Mantel, er war, nach seinem Wagen und dem festen Gesichtsausdruck zu schließen, einer, dem Dienste gewohnheitsmäßig geleistet werden, bemerkte: Ich sollte auch längst zu Hause sein.
Ich nickte; es empfahl sich zu nicken, den Wunsch, nach Hause zu kommen, als ebenso berechtigt anzusehen, wie die Hoffnung, meinem ganzen Leben eine andere Wendung zu geben. Die Wünsche gehörten ja wirklich zusammen, auch wenn sie nur getrennt vorkamen. Eben noch war die Fahrt so ruhig, ja fast kunstvoll gemächlich gewesen, ich hatte, beide Hände am Steuer, meine Unruhe niedergehal-

ten. Jetzt sah ich mit einer Sympathie, die dem Heimweh nahe war, mein abgestelltes Fahrzeug seine Position im Nebel melden, und es lag wohl an diesem Nebel, wenn die Signale plötzlich angestrengter, verzögert wirkten.
Schicksal, dachte ich, ich dachte es laut. Warum sollte man seine Gefühle nicht aussprechen, wenn man ein Wort von früher dafür findet. Es beflügelt zwar die Helfer nicht gerade, spiegelt aber eine gewisse Freiheit der Seele vor, die sich dann auch wirklich einstellen kann. Schon als Schüler hatte man Verluste »Schicksal« genannt und war dann in den Augen der andern gleich besser dran gewesen. Ihre Schadenfreude hatte kein Ziel mehr gehabt.
Der Anlasser? fragte der Herr. – Summt? Das kenn ich. – Ich nickte.
Wo steht Ihr Wagen? fragte der Herr.
Ich zeigte die hundert Meter weiter. Ich blickte auf die Uhr, immer noch dreiviertel sechs. Ich konnte ruhig sein.
Wir brauchen Sie bloß anzuschieben, sagte der straffe Herr. Sie müssen dann zusehen, daß Sie den Motor nicht mehr abstellen und an einem Ort parken, wo der Wagen anrollen kann.
Das ist aber viel verlangt, das Anschieben, meine ich. Vielen Dank.
Bringen wir das hinter uns, sagte der Kunde im

Mantel zu dem Garagisten. Das also war die rechte Art, sich auszudrücken, auch wenn der Garagist sich durchaus nicht beeilte. Ich fragte mich, wie man sich die Eigenschaften des Mannes im Mantel erwirbt, und ob sie Anne nicht, gegen ihren Geschmack, imponieren würden.

Ich muß nach Macolin, sagte ich, als wir zu dritt, schweigend, die hundert Meter zu meinem Wagen hinübergingen. Etwas Unterhaltung war am Platz, wenn Leute sich hilfreich zeigten. Ich gab mein Ziel, oder einen Ort in der Nähe – denn Orvin sagt den meisten Leuten nichts – auf französisch an. Macolin ist zweisprachig, und man kennt es besser als Magglingen, das jedem Kind geläufige Zentrum für Leibesübungen. Hier trainieren auch Spitzensportler und Nationalmannschaften, und wenn ich in Magglingen eine dringende Verabredung hatte, lag der Gedanke nahe, ich hätte damit, als Funktionär mindestens, etwas zu tun. Ich hätte ein Ehemaliger sein können, ein Champion, dessen Bild aus den Zeitungen verschwunden ist, dessen Name aber auch einen jungen Garagisten oder einen Manager aus Basel noch an irgendwelche Siege erinnert. Jetzt hielt ich Vorträge, war ein taktischer oder psychologischer Experte geworden. Aber dafür hätte mein Wagen anders aussehen müssen. Ein Renault 16, Jahrgang 68, ist kein Wagen für Experten. Sie waren jetzt nahe genug, um die eingedrückte Stoßstange zu bemerken und den alten Vogeldreck auf dem Dach. Ein Experte fährt wohl auch nicht mit einem Dachträger herum. Ich hatte ihn seit dem letzten Winter, als ich mit der Familie skifahren gewesen war, nicht mehr abmontiert. Es war Oktober, also würde er bald wieder gebraucht werden, und außerdem hatte ich den passenden Schlüssel verlegt. Waschen kann man einen Wagen auch so, die riesigen Bürsten der Waschstraße, die meine Kinder so lieben, weil sie dabei durch ein blaues Gewitter fahren und doch im Trockenen sitzen dürfen, lassen sich durch einen Dachaufsatz nicht aufhalten, nur an den Vogeldreck kommen sie natürlich nicht dran. Der könnte noch vom vorletzten Sommer sein. Damals hatte ich unter einem Haselbusch auf Anne gewartet, und die Vögel hatten Zeit.

Ich setzte mich ans Steuer, drehte die Zündung, demonstrierte das hilflose Keifen des Anlassers. Ich war sicher gewesen, der Motor würde anspringen und meinen Bittgang lächerlich machen. Aber die Panne bestätigte sich, und das war jetzt beinahe gut. Im selben Augenblick fühlte ich mich schon geschoben, löste eilig die

Handbremse, trat auf die Kupplung und legte den zweiten Gang ein. Der Motor sprang an, kaum hatte ich die Kupplung losgelassen, ich fuhr aus Schreck und Erleichterung eine ganze Strecke weiter, bevor es mir einfiel, daß ich meinen Helfern danken, ein Trinkgeld anbieten könnte. Ich rollte vor dem Ortsschild wieder an den Rand, im Leergang, zog den Choke, der Motor heulte, mochte er heulen, wenn er nur nicht starb. Als ich ausstieg, sah ich weit hinten kaum noch das Tankstellenschild leuchten, die beiden Männer waren im Nebel verschwunden. Ich riskierte nicht, den Wagen wieder allein zu lassen und ihnen nachzulaufen. Man muß etwas schuldig bleiben können, und vermutlich sah ich die Leute nie wieder. Um meine Flucht nicht so formlos zu machen, blieb ich neben dem lauten Wagen stehen, ein paar Atemzüge lang. Vermutlich hatte ich Fieber, aber jetzt durfte nichts mehr dazwischenkommen. Über dem Jura war die Wolkendecke gerissen und der Himmel, in dem ein paar Sterne zitterten, klar, nur in der Ebene lagerte Nebel und ließ die ferne, aber heftige Erinnerung an etwas Heimatliches aufkommen, an die Herbstluft meiner Kindheit, und ein Gedicht, das ich auswendig gelernt hatte; diese Erinnerung gab mir ein Gefühl von Gegenwart zurück. Es kam jetzt alles darauf an, hier, an dieser verlassenen Stelle durchzuatmen und jetzt schon über die Verspätung zu lachen, ohne sie als Versäumnis anzusehen und zur Entschuldigung zu benützen. Ich wollte nicht einmal daran denken, daß ich erwartet wurde, oder gar vermißt.

Ich drückte den Choke ein, riskierte, daß mich der Motor im Stich ließ, aber er brummte weiter, er war noch warm genug. Ich widerstand dem Reflex, eine Zigarette anzuzünden, als ich wieder auf die Straße hinausrollte. Auch die Zigarette war nur ein Mittel, die Gegenwart, der ich mich von einer Sekunde zur nächsten aussetzen wollte, wegzupusten. Dafür kurbelte ich das Fenster herunter und ließ Zugluft in den Wagen, gegen die faul gewordene Wärme der langen Fahrt. Ich hatte mir vorgenommen, in Evilard, von wo ich, wie abgemacht, Anne anrufen wollte, einen Cognac zu trinken. Es war besser, nach Cognac zu riechen, als nach Tabak, außerdem hatte ich schon in Zürich damit gerechnet, in Evilard einen Cognac nötig zu haben.

Ich durchfuhr Grenchen, Lengnau, Pieterlen, schneller, als die Tafeln erlaubten, verkrampfte mich, wenn sich ein gefühlloses Stück Lokalverkehr vor mich setzte. Es war der Zwang zur Ruhe, zum tiefen Atmen, der mich unruhig machte. Es konnte schon wieder zu spät sein, wenn ich auch nicht genau wußte, und mir jeden Gedanken daran verbot, wofür.

II

Eine Geschichte darf ich nicht nennen, was ich mit Anne hatte.
Vor Jahren hatte ich sie mit ihrem Freund, einem Maler, in Paris kennengelernt. Sie saß schweigend, für jede seiner Bewegungen aufmerksam, neben ihm. Die beiden wirkten auf mich unzertrennlich, wie ein langjähriges, wenn auch noch sehr junges Ehepaar. Unsere Botschaft hatte einen Empfang für einen bekannt gewordenen Schweizer Filmer gegeben; ich war hineingeraten, bald wieder entronnen und unter der Tür mit den beiden zusammengetroffen. Da der Maler, als wir die Gesellschaft hinter uns hatten, auch nicht weiter zu wissen schien, lud ich die beiden zum Nachtessen am Boulevard des Invalides ein.
Ich war damals blind von zu Hause weg und, erst am Bahnhof entschlossen, nach Paris gefahren, um allein zu sein. Daß ich meine Fähigkeit dazu überschätzte, hatte sich sehr bald an meiner Nervosität gezeigt; wenn ich nicht, ohne etwas zu sehen oder irgendwo einzutreten, in der regnerischen Stadt herumlief, lag ich in

meinem kleinen stilvollen Hotel auf dem Bett und las eine Zeitung nach der andern, als wäre daraus etwas Neues zu erfahren. So war ich nicht unglücklich, Landsleuten zu begegnen, die zwar ebenfalls französisch sprachen, aber Rücksichten zu erkennen gaben, wo nicht auf meinen Zustand, so doch auf meine Ungeläufigkeit; jedenfalls hatte ich Annes Schweigen gleich für rücksichtsvoll gehalten. Zwar war ich nach meinem Studium ein paar Monate in Paris gewesen und hatte ein paar Zeitungen zu Hause mit Theaterberichten bedient; ich habe französisch gelernt, im Notfall sogar ein gewähltes Französisch. Aber auch diese Erinnerung war mir über die Jahre nicht treu geblieben, sie hatte geradezu etwas Täuschendes und war auf meiner Flucht nicht einzuholen, jedenfalls erwärmte sie mich nicht. In Gesellschaft rede ich mich darauf hinaus, das Französische komme mir immer wie die Nachahmung einer Sprache vor, an die ihre Sprecher selbst nicht glaubten und in der sie sich nur hervortaten, um sich und andern ihren Kunstsinn zu beweisen. Die Wahrheit ist wohl eher, daß mir Dinge, die ich gut beherrsche, wie eine Täuschung vorkommen, wie eine Art Betrogensein um das eigentlich Wünschbare. Dieses Gefühl hatte etwas mit meiner Flucht zu tun, nachdem ich mir fünfzehn Jahre lang den Ruf eines guten, wenn auch eigenwilligen Juristen erworben hatte. Daß diese Flucht mich ausgerechnet nach Paris führte, war ein Mißverständnis, dessen Ironie erst in der vertraut gewesenen Stadt über mich hereinbrach, und auf das ich, um mir nicht gleich etwas anzutun, mit einer Art unwillkürlichem Sprachtrotz, einem Defizit an Französisch, reagierte. Daß Annes Schweigen verwandte Gründe hatte, durfte ich nicht annehmen, denn sie gehörte ja zu einem Menschen. Aber es berührte mich wie eine Wohltat, und hinzu kam, daß sie mir gefiel.

Anne saß mit ihrem damals noch langen Haar und einem grobmaschigen Pullover neben ihrem Freund, einem langen blassen Menschen, der durch einen starken Bart die Zartheit, die gespannte Haut des Gesichts eher hervortreten ließ als verbarg. Er hatte ausfahrende Bewegungen, von denen in Abständen Asche fiel. Beim Reden vergaß er, an der Zigarette zu ziehen, und zündete sich doch immer eine neue an. Er war der erste viel redende Maler, dem ich begegnet bin, und wurde vielleicht deswegen keiner, jedenfalls nahmen ihn die Kritiker nicht wahr. Er sei immer noch ein Versprechen und hoffe es noch viele Jahre zu bleiben, sagte er selbst mit einem schnöden Lächeln um den

Mund, den er immer etwas schief zog, seine Mutter habe sich schon während der Schwangerschaft viel zu viel von ihm versprochen. Anne wirkte neben ihrem Redner, der, ohne Gewinn für sich selbst, heftige Vorbehalte gegen den jungen Schweizer Film anmeldete, ein wenig schülerhaft, aber zugleich »gefaßt« – als wäre da fortwährend etwas mit Grazie zu verschmerzen. Schweizer im Ausland erkennt man an ihrem beleidigten Gesichtsausdruck, über den sie tapfer hinweglächeln; so war es nicht bei Anne. Sie war gefaßt, und daher etwas angestrengt, nur in bezug auf diesen Mann; vielleicht auf seinen Selbstmord gefaßt. Das Eheliche kam genau besehen daher, daß sie ihn als Kranken behandelte. Darin witterte ich plötzlich eine Verheißung. Ich suchte schon Trost bei ihr, bevor ich ihren Namen wußte, forschte ihr nicht großes, aber großzügig gebautes, fast weitläufiges Gesicht nach Zufluchten aus. Wenn da so viel Kraft in der Trauer war, konnte sie mich doch auch gleich mitbedienen. Ich brauchte kleine Schwestern, junge Witwen. Ich hatte es nötig, irgendeine Frau, die nicht für mich war, kleine Schwester zu nennen. Davon brauchte sie nichts zu wissen, wenn ihr nur meine scheue Art auffiel, die von der indiskreten ihres Mannes abstach und sie daran mahnte, auch nach meiner Seite ein wenig scheu und gefaßt zu sein. Zugleich regte mich auf, wie sie da saß. Es gibt Frauen, bei denen regt mich das bloße Sitzen auf. Es gibt ihnen so viel Körperlichkeit, daß mir schwindelt. Ich stelle mir vor, wie weich sie auf harten Stühlen sitzen. Kleine Schwester, schöne Ausreden. Aber ich habe sie nötig. Ohne die Schutzbehauptung von Verwandtschaft schöpft meine Sehnsucht keinen Mut.

Es war eine kurze Szene, und es folgte, bis auf ein paar Tagträume, nichts daraus. Und daß sie von meiner Adresse Gebrauch machen würde – schließlich hatte sie der Maler erhalten –, war unwahrscheinlich. Aber zwei Jahre später besuchte sie uns auf der Durchreise nach Erlangen, wo sie ein Semester absitzen und einen Schein nach Lausanne zurückbringen wollte. So drückte sie es selber aus. Sie schien ihren Studien wenig zu trauen, sprach achselzuckend von einigen guten Gründen, es fortzusetzen. Sie wirkte unsicher, aber nicht ratlos. Diesmal waren es ihre Augen, die haften blieben, und die Wangen. Meine Frau nannte sie sympathisch, ein Wort, das auch Anne mit Vorliebe brauchte: »sympa«. Sie verwendete eine saloppe Sprache, die mich überraschte, vielleicht nur, weil ich sie überhaupt sprechen hörte. Jetzt kam also auch ihre Stimme dazu. Daß sie die Wörter ihrer Generation brauchte, gab mir Gelegenheit, auf ihren Mund zu sehen, und das tat schon ein bißchen weh. Sonst war meine Stellung am Kaffeetisch nicht unbequem. Anne redete noch wenig deutsch, meine Frau kaum französisch. So saß ich als Übersetzer dazwischen und verbreitete Leichtigkeit, das sprach für mich, ohne daß ich viel zu sagen brauchte. Zu Hause konnte ich wieder französisch. Vom Freund, dem Maler, war noch die Rede. Er hatte Paris verlassen und wohnte jetzt in Neuchâtel. Er sei zur Kunstkritik übergegangen. Jemand, der selber male, statt malen zu lassen, sei geistig nicht ernst zu nehmen. Unzertrennlich waren die beiden, wie es schien, auch nicht mehr. Die Unzertrennlichkeit sei sein Problem gewesen. Neue Lebensformen, über die Anne sich nicht näher äußerte, erlaubten ihr, von den Schwierigkeiten des Freundes zu reden, ohne ihn bloßzustellen. Annes Haare waren jetzt kürzer, sorglos geschnitten, und sie trug ein Reisekleid aus grobem Tweed. Jedenfalls nannte ich es bei mir ein Reisekleid. Als sie mir die Hand gab, war auch die Erinnerung an den ruhigen Händedruck von Paris wieder da, der sich nicht nach Trennung anfühlte. In den nächsten paar Tagen spielten meine Frau und ich, daß sie in Anne verliebt sei. Ich soll gesagt haben, Anne wirke auf mich wie etwas Gefundenes, das zugleich verloren sei, verlorener als in Paris. Aber nicht so, daß man ihr helfen müßte, sagte meine Frau. Unsere Ehe wurde für einige Wochen wieder ein Liebesverhältnis.

Später kamen manchmal Briefe aus Erlangen oder Lausanne, auch noch aus Neuchâtel, in Annes zugleich malerischer und flüchtiger Handschrift. Das Entziffern bereitete mir Mühe, auch weil sie sehr mündlich geschrieben waren und sie viele Kürzel verwendete. Sie schrieb nach wie vor französisch, auch wenn sie von »Demos« berichtete, an denen sie teilnahm, ohne in die Sprechchöre einzustimmen. Der theoretische Aufruhr war nicht ihre Sache. Sie beschäftigte sich mit den Leuten, bei denen sie wohnte, einer alten Wirtin, die mit ihrer Katze böhmisch redete, und einer Lehrtochter, die Schmerzmittel wie Bonbons lutschte, immer stärkere, bis sie gleichgültig genug war, eine Überdosis zu nehmen. Anne hatte sie gefunden und ins Krankenhaus gebracht, aber danach zog sie um, in eine Wohngemeinschaft. Sie habe gelernt, schrieb sie, daß ein Mensch, der sich selbst nicht möge, durch keine Freundschaft der Welt zu retten sei. Die Wohngemeinschaft schien dann auch nicht das Wahre. Anne emp-

fand in den Diskussionen, die sich um ein *anderes* Leben drehten, zuviel Überforderung, in der Praxis: zu wenig Freundlichkeit. Die Leute hätten immer recht, wenn sie diskutierten, aber sie seien grausam gegen ihre eigenen Gefühle dabei, und so blieben die Gefühle, schrieb Anne, ganz unentwickelt und kennten nur die gröbsten Äußerungen.
Auf der Rückreise besuchte sie uns nicht. Später erfuhr ich von einem gemeinsamen Bekannten, sie habe ihr Studium abgebrochen, und sich von ihrem Freund, der Zeichenlehrer in einem Genfer Gymnasium geworden sei, getrennt.
Ich sah sie wieder, Monate später, in Lausanne, wo ich einen Spezialisten aufsuchte. Der Hausarzt hatte mir »unter uns Pfarrerstöchtern« dazu geraten. Seit Wochen ertrug ich keine Belastung mehr, besonders, wenn sie mit Leuten, mit Gesellschaft, Lippenbewegung und Selbstdarstellung verbunden war. Das heißt, ich ertrug sie sehr wohl, nur zu gut, und unterschlug mein Elend; je besser ich damit zustande kam, desto sichtbarer wurde meine Krankheit. Ich brachte in diesen Wochen den Eindruck unheimlicher Tüchtigkeit und Geistesgegenwart hervor; damit war die Sorge derer, die mich zu kennen glaubten, am besten niederzuschlagen. Zu dieser Sorge, die mich beleidigte,

hatten sie kein Recht, ich empfand sie als Indiskretion, als unschuldige Unverschämtheit: als wären es gerade diese Leute, die Nächsten, die von mir das Unmögliche forderten. Auf die Bemerkung meiner Frau, sie brauche mich noch, reagierte ich mit äußerster, mich selbst erschreckender Schärfe.
Dem Arzt wußte ich, bis auf ein körperliches Unbehagen, wenig Solides vorzutragen; er versäumte deswegen nichts und sparte keinen seiner Apparate, und der Ausdruck »Grundleiden« ist mir als ebenso viel- wie nichtssagend in Erinnerung geblieben. Wir danken es der wissenschaftlichen Medizin, wenn sie dort nicht sucht, wo die Dinge liegen, sondern nur dort, wo ihr Licht hinreicht; damit garantiert sie uns zwar keine schlüssigen, aber immerhin, und eingestandenermaßen, begrenzte Ergebnisse, die uns, wenn nicht weiser, so auch nicht trauriger machen, und außerdem das Reden über unser Elend erleichtern, auch wenn es einmal zum Sterben sein sollte. Der Sinn von Wörtern, wie »positiv« und »negativ«, mit denen der Arzt bald einen Befund, bald keinen Befund anzeigt, verwirrte sich nicht unwillkommen in meinem Kopf. Am Ende ist auch gesund nur ein Wort für den guten Willen, mit dem gesucht worden ist. Daß mein »Grundleiden« eine Un-

bekannte blieb, schien nicht übel zu seinem Charakter zu passen; es paßte auch meinem Bedürfnis, mich dabei nicht aufzuhalten. Dieses Bedürfnis selbst untersuchte ich nicht. Eines Morgens aber lähmte es mich. Ich konnte nicht mehr aufstehen. Ich konnte nur noch rufen. Schreien, ja. Als die Sekretärin hereinstürzte, war ich schon wieder auf den Füßen. Was fehlt Ihnen, fragte sie. – Nichts für Sie, sagte ich. – Aber Sie sehen aus wie der Tod. – Nein, sagte ich. – Brauchen Sie etwas? fragte sie. – Ja, sagte ich. – Als sie mich weiter ansah, als sei das noch nicht alles, besann ich mich und sagte: Beinahe hätte ich eine Verabredung vergessen. Rufen Sie mir ein Taxi. Das Diktat machen wir morgen.

Der Neurologe fand nichts an mir. Daraus zog er nicht den Schluß, es fehle mir nichts. Wir redeten unter Brüdern über meine Störung, wie über etwas Drittes, das nicht zwischen uns stehenbleiben darf. Daß er mir mit Latein und Chemie zu Leibe ging und mich, nach den Regeln seiner Kunst, als Fremdkörper behandelte, erschien mir nicht unberechtigt, wenn ich an den Menschen dachte, der ich hatte werden wollen. Meine Wünsche mochten kindlich gewesen sein; was an ihre Stelle getreten war, tat nicht einmal mehr richtig weh. Ich achtete nicht mehr genug auf mich, oder achtete *mich* schon nicht mehr genug, um mir eine schöne Trauer zu gönnen. Die Verantwortung für mein Befinden abzutreten, hatte unter diesen Umständen nichts Erschreckendes, auch wenn ich dazu nach Lausanne reisen mußte. Dazu riet mir der Arzt gesprächsweise, aber doch ernstlich. Er wußte dort einen Kollegen, der für mein Krankheitsbild zuständiger war. Ich täte ihm einen Gefallen damit.

Gefällig bin ich immer gewesen. Mein Reisetag im März war von einer Herrlichkeit, deren Hohn mich blendete. Nach der Untersuchung saß ich stumm geworden in einer schon leise grünen Anlage am See. Der Nebel gab, wenn er sich bewegte, den Blick auf die Savoyer Alpen und einen ungedämpften, wie vorzeitlichen Himmel frei. Daß der innere Kontakt, die Geborgenheit in meiner Familie abgenommen hatte, war mit dem Heranwachsen der Kinder, der eigenen Arbeit meiner Frau natürlich. Es wurde von uns allen in meist beiläufigen, ja sportlichen Wendungen akzeptiert. Daß mir etwas fehlen sollte, war eigentlich gegen die Abrede. Ich hoffte auf den welschen Arzt und den begrenzten Befund, den ich mir von ihm versprach. Da warfen die Tests keine Resultate ab, und der Mann wollte mich nochmals nüchtern

»sehen«. Hatte ich Angst vor der Nacht, auf die ich hier in der Anlage wartete?
Ärgerte mich meine lächerliche Bereitschaft, das Spiel mit der Krankheit bis zum Ernst zu treiben? Morgen um die Mittagszeit würde ich auf alle Fälle im Speisewagen sitzen – um drei Uhr hatte ich ein Hearing vor einer parlamentarischen Kommission –, das war ein Termin, und gewissermaßen tröstlich. Zugleich enttäuschte es mich. Sollte denn wieder nichts gewesen sein?
Es war Zufall, daß ich am Abend, statt ins Kino zu gehen, vor dem Kleintheater in der Nähe meines Hotels stehenblieb; Zufall, daß ich eine Karte löste. Das Stück eines Deutschschweizers, das ich als Hörspiel kannte, wurde auf französisch gegeben. Es handelte vom Konflikt der 68er-Jugend und beleuchtete die Demonstranten von einst aus der Sicht eines alten, unfreiwillig in die Demonstration verwickelten Mannes. Er war zu Schaden gekommen; der Autor versuchte, diesem Zufall einen gesellschaftlichen Sinn abzugewinnen. Eigentlich wünschte ich heute keine Belehrung mehr. Ich wollte Körper sehen, wirkliche menschliche Körper, und im Dunkeln sitzen. Ein Striptease hätte es auch getan, aber der Gedanke, das entsprechende Lokal *suchen* zu müssen, wi-

derstand mir, erdrückte mich durch seine Komik.

Das Theater war ziemlich leer und noch halb hell. Ich hatte gerade Platz genommen und wartete auf gar nichts mehr. Auf einmal starrte ich nicht mehr bloß, sondern sah: den Hinterkopf Annes unmittelbar vor mir. Ihre weiche, tiefe Stimme war unverkennbar. Sie unterhielt sich mit ihren Nachbarn links und rechts. Nach der ersten Verblüffung fühlte ich etwas; Scham. Als hörte ich, das Ohr gegen eine Wand gedrückt, zum ersten Mal junge Leute reden. Die Hoffnung, es möge dunkel werden, bevor Anne mich bemerkte. Dabei konnte ich, ohne mich vorzubeugen, ihr Haar riechen; ein Geruch hat keinen Namen, darum vergißt man ihn nicht. Während des Stückes, das mir gleichgültig war, vertiefte ich mich in jede Einzelheit vor mir. Die einzelnen Haare, deren Spitzen im Bühnenlicht glühten. Das Faserngewimmel am Pulloverrand. Die vom kaum sichtbaren Maschenmuster belegte Schulter, die ruhig bleiben konnte, wenn der Hals sich bewegte. Wie sie diesen Hals hielt. Etwas gebeugt. Bei stärkerer Drehung: mit einer Lichtspur in der Nackenfurche. Der Wirbel auf dem Scheitel knabenhaft. So kurz hatte sie die Haare noch nie geschnitten. Manchmal flüsterte sie nach links mit dem jungen Mann. Aber öfter nach rechts, wo ein politisch aussehendes Mädchen saß, eine künstliche Rothaarige. Dann zeigte sich Annes Profil bis zum Augenwinkel. Ich lehnte mich unauffällig zurück, nahm so lange die Brille ab, damit das Bühnenlicht sich nicht darin spiegle. Aber wie dämpft man seinen Blick. Sie konnte mich nicht gesehen haben. Dennoch hatte ich Mühe, ein kurzes Lachen, das ihre Schultern erschütterte, nicht auf mich zu beziehen. Was nahm ich mir da heraus, und was legte ich hinein. Kein Wort. Ich war ein Dieb, aber ich hütete mich zu stehlen. Ich verriet mich nur nicht, das war das Diebische. Ich mußte mich längst verraten haben, wenn es mit rechten Dingen zuging. Aber das ging es nicht. Ich liebte vielleicht. Das war ja verrückt. Hier saß ich zum Greifen nah, und fröstelte vor Alleinsein. Nie bin ich so allein gewesen wie in der Nähe dieses Kopfes, den ich hätte streicheln können. Kein Gedanke daran, aber was für ein Gedanke.

Mit der Pause hatte ich, obwohl ich bereits an alles gedacht hatte, nicht gerechnet. Das Licht ging an, ich saß erstarrt. Anne aber reckte die Arme weit von sich weg, gähnte und erhob sich. Noch stand sie vor mir, ohne mich zu sehen. Aber ich mußte es jetzt tun. Sie ansehen. Ihr

Blick kam herüber, staunte, leuchtete, alles in einem. Keine Spur von Befangenheit. Du hier? Was machst du denn hier?
Ich öffnete nicht einmal den Mund. Ich versuchte nicht zu lächeln. Ich ließ sie einfach sehen, was ich selbst nicht sehen konnte. Dem Reflex, ebenfalls aufzustehen, gehorchte ich nicht. Ich saß in der Mitte der Reihe, meine paar Nachbarn konnten auch links oder rechts abtreten, wenn sie wollten. Ich blieb sitzen und sah Anne nach.
Denn sie ging weg. Sie war nicht erschrocken, aber sie ging mit den Leuten in ihrer Reihe hinaus. Dann wartete sie, bis sie in meine Reihe hineinkonnte, und dann kam sie zu mir. Sie gab mir die Hand, aber nicht, um sie wieder wegzuziehen. Sie setzte sich neben mich und blieb neben mir sitzen. Wir waren die Einzigen im Theater. Ich atmete nur. Sie nahm mir die Brille ab und behielt sie in der Hand, aber mit der andern Hand hatte sie nicht losgelassen. Als sie mich doch losließ, war es kein Abschied, oder einer, den ich sofort zu ertragen bereit war. Ich rührte mich nicht.
Willst du das Stück weitersehen? fragte sie.
Nein.
Dann gehen wir doch.
Und deine Freunde?

Das ist O.K.

Für die Nacht fand ich später, im Speisewagen, Worte: du hast mir das Leben gerettet. Sie paßten nicht, aber da es keine passenden gab, sagte ich mir die vor, die zu meiner Ruhe stimmten. Ich hatte nicht mehr gedacht, daß es mir mit der Ruhe nochmal gelingen würde. Ich war nicht zum Spezialisten gegangen. Was kümmerten mich Resultate, jetzt lebte ich ja. Das war, außer Funktionieren oder Sterben, die dritte Möglichkeit, auf die ich gestern am See nicht gekommen war. Mein Körper hatte sie gefaßt, er faßte sie immer noch. Er blieb warm, so viel warme Unauffälligkeit nannte ich Ruhe. Diesen Körper hatte Anne gewollt. Sie hatte an nichts anderes gedacht, am wenigsten daran, mich zu retten. Sie hatte sich darauf verlassen, daß ich bereit war, sie festzuhalten, und auf einmal war darauf Verlaß gewesen. Und dann hatte sie mich verlassen. Nein. Sie war nur nicht geblieben. In der Mitte des frühen Morgens hatte ich gespürt, daß sie ging, und es hatte wieder nicht weh getan. Ich war allein und blieb bei mir. Ich hielt es aus. Meine Bewegungen waren einen Morgen lang bedächtig. Ich konnte jedem Menschen ins Gesicht sehen, nur mit einem Arzt hatte ich jetzt nichts zu tun. Ich blieb berührt, und die Sitzung in Bern änderte nichts daran, nicht viel. Und als die Trauer dann kam, war es die Trauer und keine Verzweiflung, denn ich wußte, was ich entbehrte, das Nüchterne der Entfernung, die mich von Anne trennte, war lebendig wie sie.

III

Der Motor fuhr mühelos. Dennoch zitterte ich um ihn, wenn ich auf die Bremse trat, schaltete vorsorglich in den kleineren Gang, und wenn ich anhalten mußte, zog ich den Choke. Das wurde eine laute Fahrt. Sie paßte nicht zu meinem Wagen und stellte meine Ungeduld bloß. Obwohl Biel eigentlich schon begonnen hatte, war kein Mensch in Sicht, den mein Geheul hätte aufregen können. Fluchten von Kandelabern säumten die Straße, erweiterten sie zur Bahn; das Natriumlicht fiel auf tote Gebäude, Fabriken aus Fertigteilen, Werkhöfe, Parkplätze, deren Leere durch einzelne Wagen verdeutlicht wurde. Ich hatte zwei Pflichten: den Motor nicht sterben zu lassen und die Abzweigung nicht zu verpassen.

Da kam sie in Sicht: im Nebel rechter Hand schritt der Viadukt der neuen Autobahn auf Stützen die Bergflanke hoch, ich beschleunigte, hielt darauf zu, als sei es eine Rampe zum Abflug, und hätte im nächsten Moment die Ausfahrt überfahren. Die riesige Tafel DELÉMONT war schon über mich weggeschossen, als ich den Wagen auf die linke Spur und über die Kreuzung in die Querstraße riß, hart vor einem Gegenfahrer, der mit Standlichtern, und viel schneller als vermutet, aufgetaucht war. Der Wagen hatte einen Schlag gekriegt, hoffentlich von unten, die Ampel konnte ich wohl nicht gestreift haben, den andern auch nicht. Aber der blieb hinter mir, zündete heftig in meinem Rückspiegel: schon recht. Ein weißer BMW, Polizei? Kennzeichen konnte ich keine ausmachen; jetzt bog die Straße scharf nach rechts, diesmal hatte ich aufgepaßt. Der Weiße überholte nicht, obwohl hier Autobahn begann; ein Rechthaber. Ohne den Nebel hätte man jetzt auf Biel hinabgesehen. Ich starrte in den Rückspiegel: die Umrisse zweier Männer waren alle paar Sekunden scharf wie Schießscheiben gezeichnet, dann huschten Schlagschatten über den Kühler mit dem obszönen kleinen Grill. Ich hielt rechts, verlangsamte: weiter mit euch! Dann eben nicht. Die Gesichter der beiden blieben im Dunkeln, Männer, jung vermutlich, ein schlechter Film. Ich ging wieder aufs Gas, davonjagen war sinnlos, der andere war schneller. Vorn der Tunnel, eine Röhre aus glattem Beton, ich ließ den Motor beim Herunterschalten heulen, schrie: Los, geht! – Hinter dem Tunnelausgang begann

Enge, die Kulissen zogen sich zusammen, helle Jurawände, die Straße wurde zweispurig, blieb aber breit, verkam immer wieder zum Bauplatz. Rotweiße Latten, hohe Drahtzäune. Gleich mußte die Abzweigung kommen, Evilard oder Orvin. Ein Wasser rauschte ungestüm, oder meine Ohren; endlich der Wegweiser, aber war er blind, oder ich? Ich nahm Tempo zurück, blieb nahezu stehen, jetzt mußte der Kerl ja vorbei. Taubenlochschlucht, entzifferte ich, Frinvillier, und auf französisch: Brücke gesperrt. Hinter mir wartete der BMW. Also doch. Ich jagte den Motor hoch, ohne den andern abzuschütteln, er fuhr lautlos, trieb mich nach vorn in die schwarze Nacht, schlagartig war die Bahn zum Sträßchen geworden, führte das denn noch weiter: allenfalls bis zu einem nächsten, aber selbst schon verlorenen Gehöft. Ich schaltete das Fernlicht an, im gleichen Moment tat der hinter mir dasselbe: das hatte ich kommen sehen. Ich drückte den Rückspiegel beiseite, dem Blendwerk im Außenspiegel entging ich nur, wenn ich mich vorbeugte. Jetzt war das Tälchen wieder weit, aber fremd, lichtlos, die Straße verbreiterte sich, wurde immer wieder von diesen feisten Betonröhren eingesogen, die ältere Straße führte dann um die Kalkschulter herum in den Nebel. Ich dachte

daran, den Wagen plötzlich dort hinauszusteuern, aber woher wußte ich, daß der Weg nicht gesperrt war, oder abriß.
Mein Wagen hämmerte auf einmal sehr hart auf der Unterlage in einem hastigen Rhythmus. War es möglich, daß ich bei jenem Wendemanöver einen Reifen verletzt hatte? Plötzlich sah ich eine große Tanne mitten in der Straße so traumscharf, als bedrohe sie mich nicht, sondern ließe sich bewohnen. Ich konnte mir die Gabel der Äste dafür aussuchen, die sich schwerfällig regten. In einem Augenblick war sie erloschen und ich hart daran vorbei, aber sie stand noch in meinem Kopf eingebrannt, hell, ein Negativ. Wie wenig es bedurfte, zweier Lümmel in einem schnellen Wagen, daß ich ins Hoffnungslose unterwegs war, statt zu dir.
Linker Hand zog jetzt ein Betonwerk vorbei und wollte nicht enden, eine düster-helle Kathedrale aus Walzen, Zylindern, Vorwerken, Schuppen, stehenden Bahnwagen. Eine Ortstafel: REUCHENETTE, ein Name wie Dunst im November. Dann Häuser, ein Ort. Auf einmal stand links ein kleiner Bahnhof mit einer blauen Anschrift, einem Vorplatz, der auf nichts mehr wartete als auf Schnee. Ohne Blick in den Spiegel bog ich von der Straße weg auf das geisterhelle Gebäude zu. Die Vorstellung, dieses Haus

stehe am Ende einer Verabredung, war so phantastisch, daß sie mich einen Augenblick überwältigt hatte, und diesen Augenblick hatten meine Hände genutzt, das Steuer zu drehen. Die Genugtuung, nicht gezögert zu haben, belebte mich, machte mich schon sicher, bevor ich nach hinten horchte. Da war nichts mehr. UND WENN DA ETWAS GEWESEN WÄRE ICH WÄRE AUSGESTIEGEN UND DARAUF ZUGEGANGEN. Ich zog eine Schleife, stellte den Wagen so, daß er auf der schwach geneigten Rampe anrollen konnte, und drehte die Zündung ab. Gut, jetzt wartete ich also. Ich steckte mir eine Zigarette an.
Vor dem Bahnhof stand eine Telefonzelle. Nein, jetzt ließ ich mich nicht mehr hetzen. Ich war an allem vorbeigefahren, der höchste Punkt meiner Reise war damit erreicht, von jetzt an konnte es nur noch abwärts gehen. Ich brauchte auch dieser Liebe nicht mehr nachzujagen. Wenn sich noch etwas ergab, wollte ich es als Nachklang betrachten, jedenfalls nicht als Prüfung. Als Geschenk. Das Wort eines alten Mannes: als Geschenk. Von jetzt an würde ich mir alles nur noch schenken lassen. Gleich würde ich aussteigen, hinübergehen, zahlen, wählen, Anne mit ruhiger Stimme melden, ich hätte mich verfahren, man brauche nicht auf mich zu warten, es würde etwas später. Gegessen hätte

ich schon. Geschenkt. Ich hatte das Wiedersehen mit Anne sowieso nicht mit einem Essen beginnen wollen. Mein Gesicht beim Essen war kein guter Anfang. Ich räusperte mich. Ich getraute mich noch nicht nachzuprüfen, ob meine Stimme Ton hatte. Der Platz war natürlich nicht einsam, und der Bahnhof kein verwunschenes Schlößchen aus der französischen Provinz. Er war ein wohlgetünchtes Gebäude meines Landes, hellbraun, Kunstputz. Nett und bewohnt war auch das Gasthaus gegenüber, im Laubsägestil, dahinter weitere solide Gebäude wie überall. Von Kulissen keine Rede mehr, auch nicht von weiter Flur. Über dem Geleisekörper, der, nach dem Glanz der Schienen zu schließen, stark befahren wurde, begann ein Waldstück wie irgendeines. Die weichen Ränder des Gesichtskreises täuschten eine Augenschwäche vor. Aber auf den zweiten Blick war alles da: ein Selbstbedienungsautomat, eine Wanderkarte, ein Mobilmachungsplakat. Im Bahnhof selbst brannte Licht: es war zehn nach sechs, die Uhrzeit hatte sich von meiner Jagd nicht irre machen lassen. Wie gemalt stand sie auf ihrem hellen Zifferblatt.

Erst nach einer Weile sah ich, an einer Hausfront jenseits der Straße eine Schrift, LIMONADES, in Jugendstillettern, kaum noch, oder schon wieder, lesbar unter der grauen Tünche, ein Stichwort der Heimatlosigkeit, die ich auf den ersten Blick empfunden hatte, bevor der zweite sie in ein vertrauliches Ortsbild verwandelte. Ich nickte der Schrift zu und drückte die Zigarette aus.

Ein Renault, älter als meiner, bog auf den Bahnhofplatz ein und stellte sich mit laufendem Motor neben mich. Der Fahrer, ein junger Invalide in Lederjacke, hinkte mit einem Brief in der Hand zum Briefkasten; er ließ die Klappe nur zögernd fallen. Dann kam ein VW-Bus voll Arbeiter, die meisten stiegen aus, gingen zu den Geleisen hinüber, ich hörte sie in der Fremdsprache lachen. Ja! sagte ich plötzlich überlaut, mein Hals würgte noch, aber die Stimme war da. Ich stieg aus, reckte mich. Ich ging zur Bahnhoftür, auf der »PRIVÉ« stand, dann um das Gebäude herum, betrachtete das Personal, zwei Männer, die am Stellwerk saßen und sich unhörbar unterhielten. Ich nickte, als wäre das nun auch in Ordnung, atmete tief, wobei ich zu frieren begann, zog noch die Schlüssel im Wagen ab und ging in das kleine Gasthaus hinüber. Ein Tisch voll Leute, Arbeiter, sie drehten sich nach mir um; war es nötig, daß sie starrten? Ich bestellte den Cognac; meine ersten Worte auf französisch. Als er kam, fragte ich, ob es hier ein Telefon gäbe. Und ob die Serviertochter Kleingeld habe. Ich sah ihr nach. Mir war, als habe ich eine Ewigkeit lang keinen Menschen gesehen, eine Frau. Aber ich bekam den Cognac wie irgendein erwachsener Gast. Als ich Anne zum ersten Mal anzurufen versuchte, war die Leitung besetzt, beim zweiten und dritten Mal auch. Erst von da an wurde ich unruhig.

Um sieben Uhr telefonierte man immer noch.

Ich hatte den zweiten Cognac bestellt, fragte mich, ob ich nicht hätte losfahren sollen. Die Gäste sahen mir beim Hinausgehen und Hereinkommen zu.

Dann läutete es.

Anne Wyss, sagte es im Hörer.

Du, antwortete ich.

Martin, sagte sie.

Ja.

Wo bist du?

Ich habe mich verfahren. Aber jetzt werde ich's finden. Ich bin in zehn Minuten da, wenn der Wagen anspringt.

Du klingst weit weg. Bist du gerannt?

Ich hatte eine Panne. Hoffentlich habt ihr gegessen.

Ja, sagte sie. Meine Mutter mußte noch weg. Kennst du den Weg?

Ich glaube ja. Ich habe es notiert.

Wenn ich dich höre, komm ich dir entgegen.
Dann bis gleich.
Bezahlt hatte ich längst. Vor dem Hinausgehen sah ich mich in dem Restaurant um, als hätte ich etwas vergessen. Die Zeitung, die ich nicht gelesen hatte, brachte ich zurück und verabschiedete mich laut, war nicht sicher, eine Antwort gehört zu haben. Ich setzte mich in den Wagen und blieb eine Weile sitzen. Dann drehte ich den Schlüssel. Erst gar nichts. Dann das Heulen, das windige. Ich löste die Handbremse und fuhr an, die Fahrt war gering, zu schwach. Als ich die Kupplung schnellen ließ, warf ich mich mit dem ganzen Gewicht nach vorn. Der Wagen klemmte bis fast zum Stillstand. Auf den letzten Metern vor der Straße schluchzte er auf. Dann setzte er auf die Straße – zum Glück war sie leer – und fuhr.

IV

Einmal in der Nacht, in der ich nicht an Lebensrettung dachte, hatte Anne bemerkt, sie suche Arbeit. Ich versprach, darüber nachzudenken, hatte sie aber falsch verstanden. Sie hatte die Stelle schon. Wo? In Zürich. Ich suchte im Zimmerdunkel ihre Augen, sie hatte uns in Zürich besucht, sie mußte also wissen, daß sie in meine Nähe zog. Es war allerdings möglich, daß das nicht ihr erster Gedanke war. Ich fand keine Spur Einverständnis in ihrem Gesicht, es war nur abwesend und nachdenklich. Sie müsse arbeiten, es sei nicht anders, einmal müsse sie sich wohl verändern. Ob der Job der richtige sei, werde man wissen, wenn man angefangen habe. Als Sekretärin, ja, in einer Verwertungsgesellschaft. Was das sei, werde sich zeigen, es habe jedenfalls mit bestimmten Rechten zu tun, die diese Gesellschaft für ihre Kunden verwalte, Autoren, Musiker, solche Leute. Zwei Sprachen fließend würden verlangt, wie es damit stehe, könne ich ja hören, sagte sie und lachte. Grammatik sei eine andere Sache, Interpunktion beherrsche sie in keiner

Sprache, Maschine schreibe sie mit zwei Fingern und Steno gar nicht. Ich begann zu beschwichtigen, aber mein Reflex wurde nicht benötigt. Sie werde sehen, aufhören könne man immer.

Wenn sie dieser Arbeit mit so wenig Überzeugung, und vermutlich doch mit einiger Unruhe entgegensah, verstand ich schon, daß sie für gemeinsame Aussichten im Augenblick nichts übrig hatte. Zugleich verbarg ich nicht ganz, daß mich ihre Art, über den Job zu reden, verdroß. Als erwarte ich, daß aus dem Eingeständnis ihres Ungenügens etwas Moralisches, in Ansätzen Bußfertiges folge. So war ich es gewohnt, da hätte ich eine Rolle für mich gewußt. Statt dessen zog sie mich wieder an sich, und ich vergaß Unbehagen und Moral, wollte nicht wissen, daß etwas stumm blieb im Kern dieser Musik. Es würde schon reden, wenn Anne erst in meiner Nähe war. Ich sah einen Frühling vor mir, da würde niemand mehr fragen, ob er mit einem kleinen Kälteeinbruch, einer Glaubensschwäche begonnen hatte. Anfänge zu überholen traute ich mir zu. Jeder Vorbehalt würde eines Tages ein Glück zu nennen sein, auch wenn das Wort nicht fiel. Wortlos machte ich Anne und mir, als ich sie noch in den Armen hielt, eine Zukunft zurecht, ein

Leben nur gelegentlicher, behutsamer, durch Aufmerksamkeit vertiefter Gegenwart. Daß ich ihr zwei Jahrzehnte voraushatte, würde sie bemerken, ohne daß ich es sie fühlen ließ, als Erlaubnis zur Freiheit. Ich durfte nicht fragen, ob ich ihr wenigstens eine Wohnung suchen sollte, und nicht enttäuscht sein, als sie schon eine hatte. Die Copains mit ihren Verbindungen waren mir zuvorgekommen, wie sollten sie nicht. Ich war ja erst seit dieser Nacht da. Und ich wollte darauf gerüstet sein, Ansprüche zu unterlassen, vom ersten Augenblick an.

Sie war schon einige Tage in Zürich, als sie anrief; Hilfen wurden nicht mehr oder überhaupt nicht benötigt. Sie hatte ein Frauenfest besucht und war zweimal im Kino gewesen, einmal mit einer Bürokollegin, dann mit einem jungen Mann, der sie am Bellevue angesprochen hatte. Auskünfte über diesen Mann gab sie, ohne daß ich welche verlangte; sie fand ihn sympa. Das war die Hauptsache. An Gesellschaft fehlte es ihr also nicht, auch wenn sie die von Lausanne vermißte. – Sehr? – Ja, sehr. – Der Job? – Na ja. So schnell könne man nichts sagen. Der eine Chef sei zu ertragen, der andere sehe so aus, als ob sie einander bald auf die Nerven gingen. Ein Fossil.

Es war lächerlich, das Fossil auch auf mich zu

beziehen. Ich kannte das Elternhaus nicht, aus dem Anne stammte, aber daß es da unbesorgt zugegangen war, hörte ich ihrer Stimme an; das hätte mir keinen Stich geben dürfen. Angst vor der Zukunft war nicht gelernt worden. Ich drückte den Hörer zwischen Backe und Hals; das tat weh, und ich war häßlich. Wenigstens sah sie mich nicht. Konnte die Erinnerung an gemeinsame Heftigkeit so dünn geworden sein? Sie war gar nicht mehr da. Vielmehr, sie war aufgegangen, geräuschlos, in der ruhigen, verwöhnten Wärme von Annes Wesen. Nachfragen und betteln wäre tödlich gewesen. So ließ ich mich als guten Bekannten, als alten Freund behandeln. Warum denn nicht? Nur weil meine Träume jünger waren als Anne? – Vorbeischauen? – Wäre willkommen. Morgen hatte sie schon etwas. Aber übermorgen. – Zusammen essen? – Warum nicht. – Anne abholen, im Geschäft? – Lieber nicht, da sie mit dem Rad nach Hause fuhr. – Bei diesem Verkehr? – Ein argloses Lachen: Was sollte ihr der Zürcher Verkehr anhaben. Ich blieb sogar mit dieser kleinen Angst für mich. – Also bei dir? – Wenn du willst. – Um sieben Uhr? – Einverstanden.

Wenn du willst. Da schwang mir kein hohes Ja entgegen. Die Verantwortung für die Einladung lag bei mir. Wenn ich's bedachte, hätte das

Gespräch auch ohne Verabredung ausgehen können. Wovon hing es ab, ob *sie* wollte? So konnte man nicht einmal fragen. Gehörte ein Wunder dazu, so war ich nicht der Mann dafür. »Wenn du willst«. Ich will ja, hilf nur erst meinem Unwillen ein bißchen ab. Keine Rede. Aber mit Gleichgültigkeit wollte ich das noch lang nicht verwechseln. Vielleicht hatte der Chef mitgehört, der sympathische, oder das Fossil.
Ich achtete in den nächsten achtundvierzig Stunden – ich zählte sie mit – etwas zu oft auf meinen Körper. Bis zur Schlaflosigkeit. Es kostete mich alle Mühe, die ich mir selbst verbarg, ihn zur Unauffälligkeit anzuhalten. Ich nahm ein Bad, aber nicht erst im letzten Augenblick. Körpergeruch durfte sein. Bei andern Düften rechnete ich mit ihrem Mißtrauen. Vorausgesetzt, daß ich ihre Aufmerksamkeit nicht überschätzte. Im Büro war ich beschwingt, im Gespräch mit Klienten spontan. Einem befreundeten Prokuristen, der seine Ehe mit mir besprechen wollte, machte ich die Scheidung so schmackhaft, daß er mich betroffen ansah. Ob er das depressive Spiel mit seiner Frau bis zur völligen Verdunkelung aller Gefühle treiben wolle, fragte ich ihn. Es gäbe Augenblicke im Leben, wo es gar nicht darum gehe, neue Tatsa-

chen zu schaffen, sondern sich zu bereits geschaffenen zu bekennen. – Mit meiner Frau schlief ich die Nacht zuvor wie in unserer ersten Zeit; sie fragte nicht, was mit mir los sei. An jenem Nachmittag hatten die Kinder frei. Ich meldete mich im Büro ab und fuhr mit ihnen, wie seit Monaten versprochen, zu der langen Rutschbahn im Voralpengebiet. Ich war entspannt und verschwenderisch, lauschte aber heimlich auf böse Zeichen in meiner Konstitution. Der Abend muß nicht sein, dachte ich; er darf sein. Ich konnte ja vermuten, daß ihm Anne nicht mit der gleichen Erwartung entgegensah; daß sie ihn vergessen hatte, wollte ich aber auch nicht denken. Insgeheim hoffte ich vielleicht, ihr meine Erschöpfung in Erinnerung zu rufen, ans Ende meiner Dinge zu mahnen, wo sie mich in Lausanne gefunden und angenommen hatte. Nur von ferne daran mahnen wollte ich, mich darauf stützen nicht. Zeigen, daß ich mich verändert hatte, bis zum Wohlbefinden, oder nahezu. Vielleicht machte sie das ein wenig stolz.

Ich zog mich nicht besonders an, aber auch nicht salopp. Mochte sie mich nehmen, wie ich war. Vielleicht würde sie noch wissen, wie ich war. Auch keine Blumen. Aber ich nahm den Stein vom Schreibtisch, zwei ineinander ver-

schränkte Pyrit-Kuben. Sie sehen wie Metall aus und sind auch so schwer. So stelle ich mir Meteor-Gestein vor. Beim Nachdenken wiege ich sie manchmal in der Hand und fahre ihren scharfen, wie von einem konkreten Künstler geschnittenen Kanten nach. Der Stein zog in der Tasche meiner Lederjacke. Bei Gelegenheit konnte ich ihn herausnehmen und vor sie hinlegen, und diese Gelegenheit selbst mußte ohne Schwere sein. Ich konnte ihn gerade gefunden haben, nicht auf Elba natürlich, wo er herkam, sondern in einem Schaufenster. Er erinnerte mich an etwas von dir, spontan, nur so.
Sie kam lange nicht, als ich klingelte. Dann aber, daß das Treppenhaus zitterte. Ein Altbau. Sie hatte einen Bademantel an, das kurze Haar war naß. Geduscht, ja. Wie hell es war. Ihr Gesicht. Ich kam doch nicht zu früh? Ich war zehn Minuten nach sieben gekommen; genau zehn Minuten. Die Freundschaftsküsse auf beide Wangen, bevor man sich richtig ansieht, aber das tut man darnach. Mit leisem Bedauern, daß es jetzt nicht zu einem Händedruck, dem geträumten festen Händedruck gereicht hat, aber man hat ja Zeit. – Wie gut du aussiehst. Aber bist du schmaler geworden? – Penses-tu!
Sie war in diesem Mantel sanfter als in meiner Erinnerung. Die Durchsichtigkeit ihres festen

Gesichts mit den großen, erlebten Linien, die beim Lächeln klar wurden. Das also war ihr Zimmer. Anne entschuldigte sich. Fast alles gehöre noch der Vorgängerin. Die sei für drei Monate nach Mailand verreist, Anne werde bald etwas anderes suchen müssen. Die Vorgängerin schien ein Brel-Fan zu sein, der Sänger mit dem abgezehrten Gesicht hing an jeder freien Stelle der Wand, außerdem Buster Keaton, Bourvil, Grock. Bücher über Kino in allen Sprachen. Ein Schaukelstuhl, ein Küchentisch mit zwei Gartenstühlen, ein französisches Bett am Boden, eigentlich nur eine Matratze.
Soll ich uns hier etwas machen? fragte sie, während sie den Bademantel auszog. Ich sah ihren Körper zum ersten Mal am Tage. Du, sagte ich, nein. Ich möchte heute mit dir ausgehen. Während sie sich anzog, blickte ich in das dichte Grün vor dem Haus. Hier werde nichts mehr gemacht, ein Glücksfall, sonst könnten wir hier gar nicht wohnen, es wäre nicht zu bezahlen. Sie würde mir noch sagen, wer »wir« waren. Ich konnte später danach fragen. Neben Annes Zimmer ging eine Tür. Man war hier also unter Menschen. Annes Altersgenossen bestimmt. Es störte die nicht, wenn man einmal laut werden sollte.
Das Gartenrestaurant, das ich Anne hatte zei-

gen wollen, war geschlossen; ich war seit zwanzig Jahren nicht da gewesen und hatte auf eine Reservation verzichtet. Das durfte kein Fehler sein. Wir gingen spazieren, auf einer großen Wiese und durch den Wald, ohne Zärtlichkeiten. Sie erzählte von ihrer Familie, ihren Brüdern. Später fuhren wir in die Stadt zurück, wo es nach zehn Uhr noch etwas Warmes gab; es gefiel Anne in Zürich, die Arbeit freilich – dabei würde sie nicht alt. Eine Zwischenlösung. Hauptsache, sie verdiente eigenes Geld. Auf einer Radtour durch Südfrankreich hatte sie einen Jungen kennengelernt, mit dem sie schon zwei Jahre zusammengewohnt hatte. Die Überraschung war aber erst auf dieser Radfahrt gekommen, für beide. Wie viel man einander bedeutete. Sie hatten einen alten Mann wiedergesehen, mit dem Anne seit Jahren in Verbindung war. Er war Schäfer gewesen, und Maurer in Neuchâtel, jetzt lebte er an der Küste und schnitzte Holz, Strandgut. Er bearbeitete es nur wenig, gab ihm die Form, die er herausfühlte. Michelangelo? An den dachte er dabei nicht. Er war ein Weiser, der erste freie Mensch, den Anne kennengelernt hatte. Mit Luc im Zelt, beim Abkochen, im Gebirge, wo es nach Thymian roch, ein Besuch in Longo Mai, und immer wieder der alte Mann, das gemeinsame Schweigen in seiner Nähe. Das Meer. Zu dumm, sagte Anne, daß sie jetzt in Zürich sein mußte, wo in Lausanne etwas begonnen hatte. Aber am Wochenende fuhr sie wieder hin.

Ich trank meinen Kaffee koffeinfrei; es hatte keinen Sinn, in dieser Nacht wach zu bleiben. Das Pyritklötzchen ließ ich in der Tasche. Sein rechthaberisches Kunstgewerbe gehörte nicht hierher, und mit Annes Strandgut war es nicht zu vergleichen. Beim Abschied in meinen Armen, deren Druck sie freundlich erwiderte, hatte Anne gesagt, daß wir nicht auf der gleichen Wellenlänge seien, aber es störe sie nicht, wenn es mich nicht störe.

Ich habe Anne nicht oft angerufen, als sie in der Nähe wohnte. An einem Wochenende, das wegen der Besuche in Lausanne mehrfach verschoben werden mußte, gingen wir im Jura wandern, und sie erzählte wieder von ihren Eltern, die im Jura, er war ihr also nichts Neues, ein Ferienhaus hatten, aber anderswo; die Gegend um den Belchen kannte sie nicht. Beim Dunkelwerden saßen wir lange auf der Kalkspitze des Bergs, auf die eine leiterartige Treppe führte. Anne war nicht schwindelfrei, sie mußte sich an die Tiefe gewöhnen. Unter uns zogen die Lichter auf der Autobahn von Basel heran und verschwanden im Berg. Ins Elsaß, wo ich es mir schöner gedacht hatte, hatte Anne nicht mitfahren wollen. Lange Autofahrten, wozu denn. Sie bewegte sich lieber selbst. Fast hätten wir den Rückweg zum Parkplatz nicht mehr gefunden. Das Gelände war im Dunkeln nicht so eindeutig wie die Wanderkarte. Wenn der Weg durch offene Weide führte, hatte Anne vor Kühen Angst, das überraschte mich. Aber nicht deswegen war es, daß wir uns meist bei der Hand hielten. Wir fuhren in ein nahes Jurastädtchen zum Essen, es war wieder spät geworden, es mußte also ein teures Lokal sein. Es gab auch Zimmer hier. Anne sagte: wozu; wir könnten auch bei ihr übernachten. Das wollte ich nicht; die Zimmer des Hotels mit ihrem Nepp und Plüsch schienen aber auch nicht das Richtige. So fuhren wir nochmals, schweigend, ins schwarze Land hinaus. Anne verbarg ihre Müdigkeit nicht. In einem Motel auf freier Strecke war, nach vergeblichen Versuchen in einer andern freundlichen Kleinstadt, die von einem Schützenfest belegt war, noch ein Zimmer zu haben. Es war nicht nötig, Licht zu machen, die Leuchtschrift an der Fassade bestrich das Zimmer mit einem grünlichen Schein. Als ich die Vorhänge zuzog, waren nur noch die vorbeirasenden Autos zu hören. Anne war nicht widerwillig, nur gedämpft. Aber ich hielt den Körper einer Erinnerung in den Armen und hatte kein Recht, etwas zu vermissen. Das Frühstück in einem leeren Saal, voll Hirschgeweihe und Jagdstiche; Annes Lächeln, immer noch müde, kam wieder von selbst. Jetzt wußte ich schon, daß sie nicht mehr lange in Zürich bleiben wollte. Sie freute sich auf eine Stelle auf dem Land, als Gehilfin junger Bauern, die selbst die Stadt verlassen hatten und nicht zu weit weg von Lausanne lebten. Zuvor wollte sie aber noch gern meine Familie wiedersehen.

Sie kam an einem Sonntag. Vor dem Tee spazierten wir in ein nahes Mustergut. Wenn ich mich, mit den Kindern voraus, nach den beiden Frauen umsah, waren sie einander ähnlich. Zum Abschied gab ich ihr den Pyrit ohne Erklärung. Schließlich hatte ich ihn auch in Zeiten gehütet und angefaßt, wo ich an mir selbst nichts mehr gefunden hatte. Es war kein Zufall, daß ich Anne nach ihrer neuen Adresse, dem Bauernhof, zu fragen vergaß.

V

Auf dem Rückweg war der Wegweiser nach Orvin nicht zu übersehen. Am Zementwerk vorbei, flüssig vorbei an den Zeichen der Landschaft, die sich meiner Verstörung eingeprägt hatten, aus der Gegenrichtung aber ein harmloses, fast vertrauliches Aussehen annahmen. Ich mußte fast bis zum Viadukt zurückfahren, um die Straße verlassen zu können. Das Gefühl, mit dem Gefälle zu rollen, statt gegen den dunklen Berg, erleichterte mich, schmeckte nach Heimkehr und erlassenem Aufwand. Ich hatte Annes Stimme gehört, ohne mich zu verraten, das war so gut, als hätte ich das Gröbste schon überstanden.

Auf krummer Fahrt von der Hauptstraße weg. Beginn der Steigung nach Evilard. Was war los, daß ich hinter einem Lastzug herkroch, ohne ans Überholen zu denken? Der Nebel hemmte den Schuh auf dem Gas; das Undurchsichtige zwischen den Buchenstämmen, die die Straße, den Waldweg, wie Palisaden begleiteten, rührte sich nicht, dichtete auch die linke, die Talseite ab, wo der Blick hätte frei sein müssen auf Stadt, See, offenes Land. Ich starrte auf das Gelblicht, mit dem der dröhnende Transport vor mir seine Schwerfälligkeit anzeigte. Er schleppte einen Kran, und ich trödelte im zweiten Gang hinterher. Erst als Wagen um Wagen von hinten vorbeipfiff, gab ich die Deckung auf und drückte aufs Gas, nur halb entschlossen, als zögerte ich, den kritischen Punkt zwischen Ungeduld und Hoffnungslosigkeit zu überfahren, oder als warte ich auf den Gegenfahrer, der der ganzen Geschichte ein Ende machte. Während ich neben dem Lastzug herfuhr, kam mir ein Vers in den Sinn: »Da Liebesangst beflammend mich durchwerkt«, ich spürte aber nichts von dieser Angst, und das war gut, es war mir nie bekommen, wenn ich mich zu stark ausgesetzt hatte. Und doch war es mir um die verlorene Sehnsucht leid.

Die Gebäude von Evilard traten aus dem Graulicht hervor, Vorgärten mit schwerköpfigen Astern, behäbiger Beton mit einem Hauch von Chalet, Hôtel de la Gare, die Seilbahnstation, Post, Bank. Die Leuchtschriften erinnerten an Wohlstand, auf den Parkplätzen schimmerte es von beschlagenem Lack, keine Seele rührte sich auf der Straße, es hätte Mitternacht sein können. Durchfahrt durch totes Erholungsgebiet, am Ende ein Wegweiser, Orvin, ein Stück

Wald. Und plötzlich freier Blick auf ein schmales Tal mit weichen Rücken dahinter, bescheidenes Lichtergewimmel in der Tiefe, in der noch Unschärfen lagerten, am Himmel wieder Sterne; hier also war es, konnte es sein. Annes Mutter kam mir in den Sinn. Zwei Frauen in einem dunklen oder schwach erleuchteten Haus. Der Gedanke war nicht mehr ganz befremdlich, als älterer Besucher ohne Erklärung hier einzukehren.

Anne hatte mir den Weg beschrieben, ich fand ihn auch, aber für die wirklichen Sachen gibt es keine Beschreibung, und die Wörter gelten nicht. Eine Kirche ist angezeigt in einem Ort dieser Größe, aber einen burgähnlichen Turm mit verstärkten Ecken und runden Torbogen hat man in keinem Traum gesehen, und eigentlich besteht das Monumentale und Fremde, das einen bei der Anfahrt überfällt, einzig darin, daß es ihn gibt. Und daß der Friedhof, den es auch geben muß, ein fest ummauerter flacher Körper ist, der, wie die Wand eines überladenen Schiffes, in schwarze Stille hinausfährt: das ist nicht zu erwarten gewesen. Die paar einzelnen Büsche, Thuja, Eibe, sehen so aus, als hätte sie noch nie ein Mensch gesehen; sie zeichnen sich mit plötzlicher, unglaubwürdiger Schärfe gegen den fahlen Himmel ab. Gegenüber das Heim

mit frommer Anschrift. Nach einer Kurve tiefer unten der Gasthof Crosse de Bâle, Crosse kann aber nicht Kreuz heißen: im letzten Augenblick gab sich der Bischofsstab im Schild zu erkennen. Dann das Richtungsschild, dessen rechter Ast rot verklebt, gesperrt war; von dorther hätte ich kommen müssen. Links zeigte der Wegweiser nach Lamboing und La Neuveville. Ich bog ab. In keinem der Häuser rechts und links, die mit großen Einfahrten, weinbäuerlich zusammenhingen – aber konnte hier oben noch Wein gebaut werden? – wurde ich erwartet, und das gab ihnen eine schmerzhafte Deutlichkeit. Die Außerortstafel, und wieder leeres Land. Ich fuhr langsam. Rechts an der Berghöhe ein einzelnes Gebäude, kaum hell. Ich hatte noch nicht durchgeatmet, plötzlich stand Anne an der Straße. Wer sonst. Ich mußte ein paar Meter zurückfahren. Da mündete der Weg von der Seite ein, und da war sie.
Einen Augenblick blieb ich noch sitzen, dann klopfte sie mit dem Finger auf das Windschutzglas. Herein, dachte ich. Wie menschlich sie aussah da draußen, und wie blaß. Ich drehte den Motor ab. Als ich ausgestiegen war, hielt ich sie in den Armen, aber ich fühlte noch nichts. Wir müssen gesprochen haben. Sie trug eine dicke weiße Strickjacke mit einem Muster, das ich

nicht mochte, die Jacke einer älteren Frau. Nein, lange hatte sie nicht gewartet. Immerhin hatte einer angehalten, um sie mitzunehmen. Ob sie Hilfe brauche. Sie lachte. Ihr Gesicht, von meinem weggekehrt, lebte mit jedem Zug. Du kannst noch ein Stück hineinfahren, sagte sie. Ich setzte mich ans Steuer, berührte den Schlüssel, drehte ihn nicht.

Nein, sagte ich. – Der Motor springt nicht an.

Aber er lief doch grade noch?

Der Anlasser ist kaputt. Ich hab's dir am Telefon erklärt.

Dann bleibst du eben stehen, wo du bist.

Ich dachte nach, lächerlich gemacht durch dieses Fahrzeug, das meine Aufmerksamkeit erzwang. Und doch war ich heimlich dankbar. Das Auto hatte das Gewicht einer Sache, wir brauchten nicht gleich von uns zu reden.

Ich muß mich so hinstellen, daß ich morgen anrollen kann.

Kann ich dir helfen?

Schau mir zu, sagte ich, oder geh hinein. Die Kälte ist schlecht für dich.

Ich legte den Leergang ein, stieg aus, ließ die Tür offen und sperrte den Rücken dagegen, als sie zufallen wollte. Dann schob ich das Auto am Fensterrahmen rückwärts. Erst rührte es sich kaum, dann bekam es Fahrt, ich rannte nebenher, riß das Steuer herum, der Wagen schwang in den Weg hinein, ich schob wie verrückt, aber nein, ich kam nicht hoch genug. Entschuldige, sagte ich, sprang in den Sitz, zog die Tür zu, rollte zurück auf die asphaltierte Straße, der Gang jetzt, ruck, stock, richtig, die Zündung mußte ja auch noch sein. Der Motor kam, ich fuhr, damit er nicht starb, ab wie der Teufel, fuhr an den Dorfrand zurück. Auskuppeln, Rückwärtsgang, so heulte ich, den Kopf über die Schulter verdreht, die Straße wieder hinauf, hoffentlich kam jetzt keiner entgegen. Die weiße Figur im Fenster wurde rasch größer, sprang beiseite, als ich abbog, nach Gefühl: der Kies knirschte, rötete sich im Schein der Bremslichter: geschafft. Handbremse, Motor ab.

Von hier komm ich wieder los.

Aber du stehst mitten im Weg, sagte sie. Geh noch etwas an den Rand, damit meine Mutter vorbeikommt. Sie ist nochmal weggefahren.

Ich löste die Bremse wieder, ließ den Wagen nach rechts rollen, auf die Böschung der Weide, nicht zu weit. Von hier mußte das Gefälle auch reichen. Aber ich hätte einen Radschuh gebraucht.

Was suchst du, fragte sie.

Einen Stein.

Der Kies war zu klein. Es gab Felsbrocken, aber die saßen zu tief und fest. Daß ich hier zu graben anfing, hätte noch gefehlt. Sollte der Wagen sich lösen, würde er quer auf die Landstraße rollen. Nicht dran denken. Ich wollte endlich angekommen sein, das wollte ich doch. Wofür hatte ich sonst die letzten Tage gelebt, die letzten Monate, Jahre.

Es wird schon gehen, sagte ich, und prüfte, ob der Rückwärtsgang fest saß. Dann schloß ich die Tür.

Schließt du nicht ab?

Hast du keine Sachen mit?

Sachen? Oh ja.

Ich nahm die Reisetasche vom Rücksitz. Auch mit der war ich jetzt noch beschwert. Und den großen Blumenstrauß, beides in einer Hand.

Beim Hinaufgehen hielt sie mich leicht um die Hüfte. Zum ersten Mal hörte ich: Kuhgeläut. Alles voller Glocken. Die Tiere standen wie Findlinge im Gelände.

Anne lachte. – Mama ist zu einer Freundin gefahren, sagte sie. – Sie weiß nicht recht, wie sie deinen Besuch verstehen soll. Auf alle Fälle wollte sie nicht gleich stören. Sie wird aber bald zurück sein.

Ja, das war ihre Stimme. Wie ich gereist sei, wie ich mich fühle, was ich arbeite, fragte sie nicht.

Das war wie jedesmal, und ich wollte ein für allemal nicht enttäuscht sein. Das war ihr Arm. Erst jetzt faßte ich, endlich, ihre Hand, den weichen, festen Griff. Ihre kalten Finger. Daran war ich schuld.
Wie geht es dir? fragte ich.
Ich bin arbeitslos, sagte sie. – Eigentlich müßte ich stempeln gehen.
Deine Gesundheit.
Die ging. Die kam schon wieder. Oft müde. Die Strapaze der Antibiotika. Viel Zeit nachzudenken. Das Haus hier mit den Ferienerinnerungen der Kinderzeit. Fürs erste ganz gut.
Das Haus war nahe herangekommen. Ein Klötzchen hinter einem hohen, schon dürren Lebhag, in den ein Tor hineingeschnitten war. Eine zwergenhafte Holztür gab es auch, daneben tickte die Batterie des Kuhdrahtes. »Zaunkönig« stand darauf. Im Vorgärtchen waren Blumen zu ahnen, immer noch gepflegt, das Licht auf der Veranda brannte für einen Gast und doch wie für sich allein. Die dunkle Holzfarbe, Öl, schien das Licht abzustoßen.
Wir gingen hinein, waren drin. Warm, viel Nußbaum, Kupfergeschirr, alte Stiche, eine geblümte Sitzgruppe, bürgerlich-rustikal, die Wohnlichkeit einer andern Generation mit Andeutungen von Provisorium, aber die gingen

nicht tief. Hier wurde nur zeitweise gewohnt, aber solid. Es würde alles vorhanden sein. Die Vase war schon da, in die Anne die Sonnenblumen stellen konnte.
Daß du an Sonnenblumen gedacht hast, sagte sie in der Küche.
So war es nicht. Ich hatte nicht gewußt, daß Sonnenblumen ihre Lieblingsblumen waren. Es hatte im Geschäft nur keine andern gegeben, die in Frage kamen. Rosen wollte ich nicht mitbringen, Orchideen erst recht nicht. Als ich die Sonnenblumen kaufte, fiel mir ein, daß wir eigene Sonnenblumen gehabt hätten, die meine Frau gepflanzt hatte, aber es waren nur wenige hoch gewachsen, und alle nicht so üppig wie diese gekauften. Aber in unserem Garten durfte keine fehlen.
Es sind meine liebsten, sagte sie.
Auf den Schiefertisch konnte man sie nicht stellen, da stand schon ein Bukett Kosmeen, und auf dem Sims drängten sich die Nippsachen. Es blieb nur ein Platz am Boden, vor dem Kamin.
Willst du einen Cognac? fragte sie.
Sie nicht, danke. Alkohol war verboten. Sie trank eine Milch mit Vitaminen.
Du hast abgenommen, sagte ich.
Penses-tu, ich bin schon wieder am Zunehmen.

Wir saßen vor dem Feuer. Das Kuhgeläut war durch die Fenster gut zu hören. Ich bückte mich und schob das Kamingitter weg, um die Hölzer besser zu legen. Beim Vorbeugen packte mich ein unbestimmter Schmerz im Rücken. Ich richtete mich auf und sah sie an. Die Krankheit hatte ihr Gesicht gezeichnet, aber so zart gemacht, daß ich die Augen niederschlug. Die Schutzbedürftigkeit jeder ihrer leichten Bewegungen im Sessel. Die Beine in den Jeans locker aneinandergelegt. Als ich wieder aufsah, lächelte sie, sie lächelte dicht am Rand des Glases, das sie vor die Lippen hielt und an dem sich ein Milchrand abzeichnete.
Du bist so ruhig, sagte ich.
Ja, sagte sie. – Ich habe dir ja geschrieben, warum.
Und jetzt hast du ein schönes Wochenende gehabt.
Ja, sagte sie. – Ich spinne nicht mehr. Es ist alles wieder O. K. Zuerst war ich enttäuscht, daß er mich im Spital nicht besucht hat. Einmal, am Anfang, aber dann nicht wieder. Es brachte ihn durcheinander, verstehst du. Er arbeitet den ganzen Tag. Dieses Spital war ein Ort für Kranke, nicht für ihn. Er ließ mich allein, und das war das Richtige für beide.
Sie redete mit einem Lächeln von mir weg,

dessen Strahlen leise war, sogar mühevoll, aber von Grund auf kam.

Was arbeitet er denn? fragte ich.

Gärtner, sagte sie.

Ich dachte, er sei Student.

Nicht mehr. Er ist nie ein Student gewesen, so wenig wie ich.

Das Alleinsein im Spital, sagte ich.

Ich hatte einundvierzig Fieber, sagte sie. – Ich war eigentlich weg, eine Reise, ein Flug. Und eine Ruhe. Es war das Gleiche, wenn du mich verstehst. Ich lag auf Flügeln, und ich wußte, sie tragen mich. Ich war ganz oben, und doch sah ich alles ganz nah, alles gleich nah. Ich konnte auf einmal *sehen.* Ich sah eine Blume auf dem Nachttisch, die war mitgekommen, eine kleine violette Aster, die hätte längst verblüht sein müssen, aber sie verblühte nicht. Sie hielt aus, sie blieb bei mir, und sie stand für alles andere. Auch für Luc. Ich lag mit fünf Leuten im Saal, zwei Italienerinnen, einer Türkin und zwei alten Frauen, von denen eine starb. Sie starb neben mir, im Zimmer. Ich wußte es, ich hörte ihr zu, man brauchte niemand zu rufen. Sie hat etwas Großes erlebt, wahrscheinlich das Größte in ihrem Leben. Als es eintrat, berührte ich sie. Danach war alles im Zimmer mein Freund, die Leute, die Betten, die Apparate, alles war lebendig wie die Blume, und die Besucher, die kamen, waren *meine* Verwandten. Ich brauchte nichts, nicht einmal Nahrung. Ach so, sagte ich, wenn mir die Schwester wieder etwas einlöffeln wollte. Es war nicht nötig, daß jemand zu mir kam. Es kam alles zu mir. Bis auf Luc wußte ja auch niemand, daß ich da war. Er mußte nicht kommen. Es gab kein Müssen mehr. Wenn er tat, was für ihn richtig war, so war er bei mir.

Aber dann bist du doch enttäuscht gewesen.

Als ich kein Fieber mehr hatte, für kurze Zeit. Als du mir geschrieben hast. – Sie lächelte.

Wir brauchen Holz, sagte ich. – Das Feuer hält nicht mehr lang.

Komm, sagte sie und führte mich an der Hand zur Tür hinaus, dann um das Haus herum ins Untergeschoß.

Ihr habt ja Zentralheizung, sagte ich.

Ja, aber bei Wind und Kälte wird's doch nicht warm. Meine Eltern heizen eigentlich nie. Sie bleiben lieber weg.

Das steht also das halbe Jahr leer, sagte ich.

Ich hatte die Arme voll Scheiter. Oben pflegte ich das Feuer, baute die Hölzer auf, das mache ich gern, selbst wenn mir elend ist. Ich habe das Gefühl, das Feuer sei ein Element, das mir gehorcht, in Grenzen.

Ein Freund von mir ist Brandstifter geworden,

sagte ich. – Er war ein guter Fotograf. Landschaften. In einem Spätherbst wanderte er allein im Bündner Oberland. Er zündete ein Maiensäß an, es kam so über ihn. Dann stieg er wieder ab nach Ilanz. In der Nacht konnte er nicht schlafen vor Entsetzen. Am Morgen früh ging er wieder auf den Berg. Es waren nur zwei Ställe abgebrannt. Er prüfte den Wind, goß den Inhalt einer Spritlampe über einen Haufen Stroh und machte nochmals Feuer. Diesmal schaute er zu, bis alles niedergebrannt war. Dann fuhr er nach Hause und versteckte sich in der Nähe seiner Wohnung. Als er sah, daß seine Frau mit dem Kinderwagen das Haus verlassen hatte, schlich er hinein und holte seine Pistole. Er war Offizier, bei den Grenadieren. Dann fuhr er nach Zürich und nahm sich ein Hotelzimmer. Er stellte den Wecker auf vier Uhr, damit er sich nicht verschlafe, dann erschoß er sich. Er hatte einen Brief geschrieben, in dem er die Brandstiftung gestand. Wenn er zu so etwas imstande sei, könnte er sich eines Tages auch an seinem Kind vergreifen. Das wolle er nicht, er liebe den Jungen, und er bitte seine Frau um Verzeihung.

Das Feuer brannte jetzt gut und gab Hitze ab. Annes Gesicht war blaß.

Ich habe im letzten Sommer abgetrieben, sagte sie. Ich habe gesehen, wie sie mit den Frauen umgehen, wenn sie sie betäubt haben. Wie mit einem Stück rohem Fleisch. Ich habe mich nicht betäuben lassen. Der Arzt erschrak, als er mich anfaßte. Ich sagte: Entschuldigung, ich möchte wach bleiben. Ach so, sagte er, Entschuldigung. Dann war er sehr vorsichtig und sprach die ganze Zeit mit mir, sagte, was er gerade machte. Es tat immer noch weh, aber ich habe es ausgehalten.

Ich war verstimmt und kämpfte umsonst dagegen an. Das Kind wurde nicht gefragt, sagte ich. – Es hat es nicht ausgehalten.

Nein, sagte Anne. – Aber wir haben uns so lange gefragt, bis wir ganz sicher waren.

Schritte draußen, die äußere Tür ging, ein Mantel wurde ausgezogen. Eine Frau kam herein, eine noch jugendliche Brünette mit einem festen, um das Kinn eher harten Gesicht. Ich hatte mich erhoben. Das war Annes Mutter. Sie begrüßte mich in schnellem, temperamentvollem Französisch, und, wenn ich mich nicht täuschte, wachsam. – Nein, sie trinke nichts mehr. Wie ich den Weg gefunden habe? Anne, du hättest dem Monsieur sagen sollen, daß die Zufahrt von Solothurn her schwierig ist. Er hätte in die Stadt hineinfahren müssen. Wenn man selbst Auto fährt, weiß man das.

Der Monsieur war ich, und ich blieb es für die nächste halbe Stunde. Das Gespräch unter ganz Fremden war leicht. Und die ganze Zeit sah ich Anne neben ihrer Mutter sitzen, ein Kind, weit weg, müde, freundlich und ein bißchen gelangweilt.

VI

Ich hatte Anne nicht vergessen. Aber ich hätte sie nie mehr gesucht, wäre nicht, fast ein Jahr nach ihrem Wegzug von Zürich, dieser Brief gekommen. Ein Brief aus heiterem, wie mir schien, tief dunklem Himmel. Ein Lebenszeichen, dessen Kraft ich mir nur damit erklären konnte, daß es eine Erwartung in mir aufschreckte, die gut verschüttet, aber nie erstorben gewesen war. Ich hatte geglaubt, mir nichts mehr zu wünschen; nun fiel ein Stern vom Himmel, und Feuer schlug aus der Asche, deren Geschmack ich nun erst im Munde fühlte. Wie hatte ich so lange, wie hatte ich einen Tag ohne Gefühl leben können. Der Brief stellte über Nacht ein Wunder an Ungewißheit in mir her. Ich stand wieder nackt vor der Hoffnung und schämte mich aller Künste, mit denen ich sie zur Ruhe gelegt hatte. Dies mußte ich wohl getan haben; ich hatte gearbeitet, weitergemacht, und mich in aller Stille aufgegeben.

Nun sollte ich also wieder lieben. Ich hielt den Brief in Händen und war unsicher, ob darin stand, was ich darin gelesen hatte. Was ich

mühsam wieder und wieder las. Die fahrigen Bleistiftzeilen schienen für so viel Aufmerksamkeit nicht gemacht, aber ich gönnte sie mir. Ich wollte mich selbst nicht mehr halten. Ich wollte mich loslassen in diese zwei karierten Blättchen; ich wollte mir nichts erklären, sondern mich gerufen fühlen und das Lächeln, oder wozu mein Mund sich verzog, nicht scheuen.
Mein Lieber, sagte der Brief auf französisch, ich schreibe dir in einer seltsamen Lage, aber du bist der erste, dem ich schreibe. Ich sitze auf meinem Bett im Spital, die Taschenlampe in der Hand und halb unter der Decke, um meine Nachbarin nicht zu stören, denn es ist drei Uhr morgens. Wenn der Nachtpfleger wieder kommt, werde ich ihm den Brief mitgeben, ihn stört es auch nicht, wenn ich schreibe; ich schreibe viel, aber immer nur an mich, für mich. Ich möchte dir sagen, wieviel besser ich dich jetzt verstehen kann, wie froh ich bin auch um die Zeit in Zürich. Es ist in meinem Leben seither ein großes Durcheinander gewesen, und das Ende war, daß ich als Notfall in das Spital eingeliefert wurde. Eine akute Nephritis, du weißt, was das ist, ich hatte Fieber wie verrückt, bin richtig weggetreten gewesen, aber ich habe mehr erlebt und von mir erfahren, als sonst in

vielen Jahren, es war also sehr gut. Ich habe den Punkt gefunden, wo ich im Gleichgewicht ruhen kann, ganz gleich, wie ich mich bewege, und wohin der Weg führt. Ich werde nicht mehr verlieren, was ich in dieser Krankheit gefunden habe, und es gehört dazu, daß ich einmal wirklich allein war. Das Komische war, da war ich's eben nicht mehr, allein. Es ist gleichgültig, ob man das eine religiöse Erfahrung nennt, aber ich weiß jetzt besser, was die Leute meinen, die eine gemacht haben. Die Sicherheit, die FREUDE. Dabei habe ich überhaupt nichts Sicheres, es ist mir alles zwischen den Händen zerronnen, aber diese Hände sind deswegen nicht leer. Ich kann sie fühlen, sie gehören zu mir. Als ich ein Kind war, fühlte ich mich gar nicht; ich habe damals Selbstmord versucht, aber nicht, weil ich sterben wollte, sondern weil ich schon glaubte, tot zu sein. Wenn es dann sehr weht tat, mußte doch ein Gefühl kommen, dachte ich, und wär's nur für einen Augenblick. Nun ist dieser Augenblick immer um mich herum. Ich bin in ihm drin, und solange ich dieses Leben spüre, habe ich keine Angst mehr vor dem Tod. Ich werde morgen hier rauskönnen und mich noch eine Weile im Ferienhaus meiner Eltern erholen: Adresse, Telefon. Wenn es dich freut, komm, oder komm nicht, ganz wie du möchtest. Anne.

Wenn es dich freut: als ich beim dritten oder vierten Lesen wieder anfing, Wünsche zu haben, wünschte ich mir, sie hätte die Freude, mich wiederzusehen, nicht mir allein überlassen. Es war fast der einzige Platz, den sie mir in diesem Brief zuteilte, und daß ich heftig eingeladen worden wäre, ihn einzunehmen, konnte man ja nicht sagen. Aber was gab es hier zu rechnen: der Brief war an mich. Sie gab mir als erstem weiter, was ihr geschehen war, und ich las neben ihrer FREUDE auch etwas wie Schwäche und Reue darin. Wenn ich mir nichts davon zu eigen machte, durfte ich mich wohl daran halten.

Ich schrieb an die Adresse im Jura, um anzukündigen, daß ich anrufen werde; dann rief ich an. Daß ich kurz war, brauchte sie nicht der Atemlosigkeit zuzuschreiben. Es gab natürliche Gründe dafür. Ich ließ durchblicken, wie beschäftigt ich sei.

In Wirklichkeit hatte ich bis zu dem Wochenende im Oktober, das wir für meinen Besuch vereinbart hatten, nichts Ernsthaftes mehr zu tun. Das heißt, ich betrachtete die Gutachten, die ich entwarf, nicht mehr als ernsthafte, sondern als eine unruhige, dabei beschwingte Art

von Zeitvertreib. Er diente mir zur Begründung, warum ich wenig zu Hause war. Ich brauchte mehr Ruhe, gab ich an, als meine Kinder mir ließen, das verstand sich, meine Frau verstand es, nicht zum ersten Mal. Meine Frau pflegt meinen Reisen nicht nachzufragen. Ich war auch nicht zum ersten Mal in der Walliser Ferienwohnung eines Freundes, von der ich mich versichert hatte, daß sie frei war. Ein Telefon gab es dort nicht.
Zu Lügen zwangen wir einander nie, dennoch war mir mein Verschweigen nicht recht. Es schien mir ungeheuerlich, meine Erwartung auch nur einen Augenblick zu verheimlichen. Ich hatte Angst, meiner Frau Bescheid zu sagen; Angst um meine Sicherheit, ebenso viel Angst vor ihrem Verständnis, mit dem ich hätte rechnen dürfen. Eben dies beschämte mich. Zumal meine Erklärungen, auch die redlichsten, immer noch falsch gewesen wären. Ich stand in einem Geheimnis, aus dem ebensowenig eines zu machen war, wie ich es hätte verraten können. Vielmehr, alles wäre Verrat gewesen, und das Stillschweigen noch die menschlichste Form davon. Außerdem warnte mich ein Aberglaube, diese Reise zur Tatsache zu erheben, mit der meine Frau so oder so hätte rechnen müssen. Auch für mich selbst war es viel weniger als eine

Tatsache, und viel mehr. Offene Stellen der Welt lassen sich nicht beschreiben; das Kindliche der Hoffnung ist sprachlos oder lächerlich. Ich wußte, wie ungeschützt meine Erwartung war, wie allein ich sie zu verantworten hatte, das machte mir Angst, und es wäre noch schöner gewesen, mir diese Angst von meiner Frau erlauben zu lassen. Das war kein Fall für Trost, und keiner für ehelichen Mut.
Es war Freitagnachmittag, als ich losfuhr, bis hinter Spiez im mittelländischen Nebel; in der Höhe klärte sich der Tag noch vor Sonnenuntergang zu einem sehr leichten Blau, das den schon weißen Gipfeln alles Finstere nahm. Herdengeläut, Farbansichten durch Ahornlaub, ein Tal voller Bäume wie Herbststräuße, im Radio ein Gespräch mit Jean Améry über Freitod. Kaffee und Hot-Dogs beim Kiosk vor dem Autoverlad, der Tunnel dauerte, ich stoppte die Zeit, genau neun Minuten; dazu schrie ich, schrie, was die Lunge hergab. Abfahrt nach Steg; das große Tal hatte braunes und gelbes Licht und lange Schatten auf dem mürbe gewordenen Grün, eine Ahnung von Provence. Ich hatte hier nichts zu suchen als eine verlorene Nacht bis morgen, wo ich den gleichen Weg zurück nehmen würde. Die Fahrt ins Wallis war ein Manöver, mit dem ich mir Raum schaf-

fen wollte für das Wiedersehen. Es war nur halb gelogen, daß ich allein sein wollte, und wenn es Selbstbetrug war, so wachte doch ein wahres Gefühl darin: daß ich allein war und bereit sein mußte, es auch mit dieser Liebe zu bleiben.

Anne hatte mir gesagt, daß sie, wie an jedem Wochenende, den Besuch von Vater und Mutter, vielleicht auch den einen oder andern Bruder erwarte. – Ob es dann sinnvoll sei, daß ich komme? – Warum nicht? Das Haus sei ein bißchen voll, aber ich könne in ihrem Zimmer übernachten: seit sie Luc kenne, mache sowas ihren Eltern nichts mehr aus. – Das war der Satz, der meine Atemnot verstärkt hatte. Er meinte wohl genau das, was er sagte, aber was meinte er genau? Das sollte mich nicht kümmern, jetzt nicht. Der Duft des Möglichen machte den Umweg ins Wallis zum Spiel. Ich wollte es nicht verkürzen.

Beim Bahnhof Visp rief ich meine Frau an. Gerade, sagte sie, habe Anne angerufen. – Was wollte sie? – Das habe sie nicht gesagt. Du sollst zurückrufen. – Dringend? – Es klang nicht so. – Und wie geht es euch? Ich habe ... ich bin ... heute ... morgen ... das Wetter ...

Alles nicht wahr, und nichts gelogen, auch nicht der Kuß durch den Draht. Ich wählte Annes

Nummer. Eine französische Männerstimme: Anne mußte geholt werden.
Luc habe sich, erklärte Anne, auf morgen angesagt, unerwartet. Nein, das konnte sie dann nicht gut. Nein sagen, nicht gut, nein. Aber warum ich nicht auf alle Fälle? Ein bißchen voll natürlich. Und wenn man reden wollte, natürlich. Dann vielleicht lieber. Lieber nicht, ja. Am Sonntag abend würde er zurückfahren. Du könntest am Montag –
Nein, sagte ich, dann nicht, Montag nicht.
Ich wäre wirklich lieber mit dir gewesen, sagte sie.
Ja, sagte ich. O. K.
Luc hat mich lang nicht gesehen, sagte sie.
Ich sagte ja: O. K.
Wann könntest du denn?
Mittwoch, sagte ich.
Dann ist nur meine Mutter da, und wir haben Platz genug. Entschuldige, daß ich erst jetzt . . .
Ich langweile mich nicht, mach dir keine Sorge.
Das war nicht Luc vorhin?
Wer?
Der das Telefon abnahm und dich holte.
Oh nein, das war ein Freund, sagte sie.
Aufgehängt. Kein Wort zuviel, und jedes zu arm, und das Schweigen in der Zelle überlaut.

O. K., sagte ich noch ein paar Mal, der Ton war heiser, vom Schreien im Tunnel.
Jetzt war es nur noch die Wahrheit, daß ich Ruhe brauchte, jedenfalls hatte ich sie. Und der Aktenkoffer war kein falsches Requisit mehr. Auf dem Weg von Leuk nach Feschel gibt es eine Stelle: im fahl gewordenen hohen Gras stehen schwarze Föhren- und Wacholdergruppen wie in einem südlichen Garten. Auch das Licht kann unwirklich sein. Man muß ins Tal hinuntersehen, diese überwohnte Schneise, in der allmählich die Lichter angehen, um sich daran zu erinnern, daß Menschen nicht weit sind. Gerade an dieser Stelle ist es aber möglich, daran zu zweifeln, ob man je irgendwo zu Hause gewesen ist oder sein wird; man braucht deswegen niemandem gram zu sein.
Die schwarzen Gruppen standen reglos, wie entgeistert, im Wind, nur das Gras ließ sich zausen. Der Ort hatte schon kein Sonnenlicht mehr. Nur auf den Gipfeln drüben zog sich das Leuchten noch etwas hin. Ich hatte, bis auf die Akten, nichts zum Lesen bei mir. Um so besser, dann fuhr ich jetzt ohne jede Erwartung in die Wohnung des Freundes. Die zwei Vögel, die oben kreisten, waren zu groß für Bussarde, aber deswegen mußten es noch keine Adler sein.

Ich sammelte keine Eindrücke mehr.
Früh schlafen.
Das war ein Gedanke, für den ich, wenn ich ihn warm hielt, eine Weile leben konnte.
Das Appartementhaus an der Bergkante, wo es bei der Ankunft nur noch Wind, blaue und eisgraue Töne gab, war unbewohnt. Mein Licht würde das einzige sein in dem ausgesetzten Block. Ich drehte die Speicherheizung an und spürte Hunger. Der Eisschrank war leer, bis auf eine Schokolade, die hob ich für später auf. Es gab Bücher hier, daran hatte ich nicht gedacht. Psychologisches, einen Roman von Marquez, Kinderbücher. Ich fand ein Buch über Akupressur, zog mich aus und probierte, frierend, verschiedene Punkte aus. Durch einen bestimmten Druck an der Ferse konnte man sich wärmen; vielleicht begann aber auch bloß die Heizung zu wirken. An meinem Knie, unter dem Ringfinger, wenn ich die Hand locker auf die Kniescheibe legte, fand ich den Punkt des Vollkommenen Friedens. Diesmal war die Wärme, schien mir, keine Illusion. Ich ließ das Bad einlaufen und suchte mir einen der immer noch kaum eingerichteten Räume zum Schlafen aus. Ich blieb in dem, der nach hinten lag, dem Felsen zu, den man durchs Fenster mit der Hand berühren konnte. Es mußte, nach den

Zeichnungen an der Wand zu schließen, das Zimmer der kleinen Tochter sein.
Es war wohl der Höhenwechsel, der mich wachhielt. Es störte mich nicht, und die Nacht ging vorbei.
Am Morgen fuhr ich los, ohne Ziel, wollte nur den Berg nicht verlassen, geizte mit der Höhe, die ich langsam entlangfuhr, eine Blindenfahrt. Einzelne Gebäude, Ställe wirkten im Nebel vergrößert und definitiv. Ein- zweimal stieg ich aus und berührte das alte Holz, wie vor Jahren; damals hatte einem dann nichts geschehen können. Ich frühstückte im Restaurant der nahen Seilbahnstation. Die Wirtin und ihre Familie waren bald die einzigen ständigen Bewohner des Orts. Die Schulferien waren vorbei. Neubauruinen noch ohne Chalet-Verkleidung und Baugespanne für große Komplexe standen auf der schmalen Terrasse herum. Der Wind war beißend, aber er brachte gegen zehn Uhr einen hellen Himmel. Die Wirtin machte mir ein paar Brote zurecht, dann stieg ich den Berg hinauf, ohne Weg, bis zur Schneegrenze. Einmal glaubte ich, mir den Fuß verstaucht zu haben und dachte daran, daß man auch gewöhnliche Alpweiden, wenn sie verlassen sind, nicht allein begehen sollte. Wenn man Glück hatte, waren hier an abgelegenen Wänden Kristalle zu fin-

den. Eigentlich glänzten alle Steine, aber das war der Frost. Auch die letzten Blumen standen wie von Glas überfangen. Vor dem Einnachten war ich im Restaurant zurück. Die Wirtin sagte, das würde ein toter Sonntag. Erst um Weihnachten kämen die Fremden zurück. Sie bedauerte die Entwicklung des Orts, die ihn zugleich veröden ließ, sie fand aber, daß sie nicht klagen dürfe. Ihr Mann war im Tal, er half im Malergeschäft seines Bruders aus. Sie jagte die Kinder weg, als sie zwischen den Tischen zu spielen begannen, dabei war ich der einzige Gast. Dann fand sie es traurig, daß die Kinder niemanden zum Spielen hätten. Sie fürchte, sie verlören den Anschluß und würden eigen. Im Tal gälten sie als wilde Tierlein, und die Kinder der Ferienbewohner, von denen man etwas lernen könnte, blieben lieber unter sich und teilten ihre Spielsachen nicht gern mit Einheimischen. Sie blieben auch zu kurz da. Geistig seien die fremden Kinder weit voraus. Für Morgen, berichtete die Wirtin, habe das Radio Schnee angesagt. Sie hatte mich gefragt, ob ich gern ein Stück Fleisch äße. Sie selber aß nicht, aber sie setzte sich an meinen Tisch, als sie es mir brachte. Sie nähme immer nur zwischendurch etwas, wenn sie allein sei, und die Kinder auch. Als ich das Fleisch gegessen und gelobt hatte, lachte sie, sie sei froh, daß gerade noch etwas im Haus gewesen sei. Es zeigte sich, daß das Fleisch für sie und ihren Mann bestimmt gewesen war. Ich hatte den Sonntagsbraten der Wirtsleute gegessen. Sie lachte wieder. Sie hatte ein bekümmertes Gesicht und einen schwerfälligen Körper, aber wenn sie redete, wurde ihr Gesicht schön. Ich dachte an sie, als ich im Kinderzimmer onanierte. Danach tat es weh. Beschwerden nach GV? hatte der Arzt mich vor ein paar Tagen gefragt. Nie, hatte ich gesagt.

VII

Konversation. Im Augenblick galt sie dem Chalet, einem Muster-Chalet, das vor Jahrzehnten an einer Bau-Ausstellung zu besichtigen gewesen war. Danach hatte der Mann der Dame, Annes Vater, es gekauft, hierher transportieren lassen, wo er als junger Mensch ein Stück Land erworben hatte, und wieder aufgebaut. Ausgerechnet hier, das habe damals keiner verstanden. Einöde sei hier damals gewesen, nichts als Einöde. – Ich: in der Tat. Ferienhäuser erwarte man in Evilard oder Macolin, mit dem großartigen Blick über See und Mittelland bis hinüber in die Alpen. – Sie: ihren Mann habe es schon als Jungen hierhergezogen, und als er sich nach dem Studium für die diplomatische Laufbahn entschloß, habe er mit seinem ersten verdienten Geld dieses Stück Land gekauft. Damals habe man Boden ja noch bezahlen können. – Ich: ja, so ein Pied-à-terre sei nicht hoch genug zu schätzen, wenn man sein Leben hauptsächlich im Ausland zubringen müsse, und dann, als Diplomat, noch mit so viel Ortswechseln. – Sie: zum Glück habe es sich dann ja so ergeben, daß ihr Mann vorwiegend an der Zentrale beschäftigt gewesen sei, und von Bern hierher sei es nicht weit gewesen, man habe auch die Wochenenden ausnützen können. Im Winter sei das Haus freilich nicht zu bewohnen. – Ich: ob daran gedacht worden sei, sich nach der Pensionierung hier niederzulassen? – Sie: bis zur Pensionierung dauere es nun ja noch einige Jahre. Nein, man gedenke die Stadtwohnung beizubehalten, man habe seine besten Freunde selbstverständlich in der Stadt. Das Haus habe vor allem den Kindern gedient, für die sei es ein Paradies gewesen, und jetzt beginne es auch schon den Enkeln zu dienen, ihr ältester Sohn habe ja bereits selber Kinder, sie sei eine zweifache Großmutter. – Ich: das sehe ihr aber kein Mensch an, und was die Lage des Hauses betreffe, habe ihr Mann damals eine gute Nase gehabt, von Einöde könne ja keine Rede mehr sein, so viel hätte ich auch bei Nacht gesehen. Der Hügel hinter dem Dorf stehe schon gedrängt voller Einfamilienhäuser, deren Eigentümer offenbar gerade die Stille zu schätzen wüßten. Daß das Haus hier immer noch ein wenig à part stehe, gebe ihm allerdings einen besonderen Reiz. – Sie: es stehe im Naturschutzgebiet, schon 1950 hätte man keine Baubewilligung dafür bekommen. – Ich: ich freue mich, das Naturschutzgebiet morgen bei Tage zu sehen, und ich bedanke mich schon für die Gastfreundschaft. – Sie: ja, Sie müssen morgen einen Spaziergang machen, es gibt hier wunderbare Wanderwege, wenn Sie nicht zu früh aufbrechen müssen, das Wetter sollte sich halten, und hier oben haben wir oft Sonne, wenn das Mittelland, aber auch Evilard oder Macolin noch tief im Nebel stecken. – Ich: anderseits ist es auch schade, daß Sie das Nebelmeer nicht direkt vor der Haustür haben, aber wahrscheinlich würde man es dann gar nicht mehr so recht schätzen. – Sie: man kann im Leben eben nicht alles haben, und was man hier hat, ist nicht zu bezahlen, Ruhe für die Nerven, gerade für meinen Mann ist es sehr wichtig. Wir sind schon so lange hier, die Leute betrachten uns als Einheimische. – Ich: die Leute sind gewiß stolz darauf, einen Diplomaten als Mitbürger zu haben. – Sie: diese äußerlichen Dinge spielen hier zum Glück keine Rolle, davon haben wir in Bern gerade genug. – Ich: man begegnet sich hier oben noch von Mensch zu Mensch, das kann ich mir denken, und das ist selten geworden. – Sie: man kann die Augen im Grünen ausruhen lassen, so etwas wird im Alter immer wichtiger. Ich – auf einen Pflanzenatlas auf dem Tischchen deutend –: ich könne sehen, daß sie sich für das

Grüne auch botanisch interessiere, die entsprechende Fachliteratur sei mir aufgefallen. – Sie: man habe sich immer mit der Natur beschäftigt, und die Flora sei hier oben besonders reichhaltig: – Ich: daher auch das Naturschutzgebiet, ich sehe hier gerade die Doldenblütler aufgeschlagen. Dabei falle mir – ich sei Advokat – eine alte Streitsache ein, bei der sie mir vielleicht helfen könne, zumal der Streit möglicherweise nicht nur mit einem botanischen, sondern auch einem sprachlichen Unterschied zu tun habe. Ich sei nämlich vor kurzem bei einem welschen Kollegen, einem namhaften Staatsrechtler, sie müsse ihn kennen, auf große Verwunderung gestoßen, als ich den Kerbel eine unserer häufigsten Wiesenpflanzen genannt habe. Er habe gleich widersprochen, der Kerbel, le cerfeuil, sei eine ausgesprochene Gewürzpflanze, ein Suppenkraut, es könne keine Rede davon sein, daß man ihr auf jeder Wiese begegne, sie müsse im Garten angebaut werden. – Sie: freilich, der Cerfeuil sei auch eine ausgesprochene Gewürzpflanze, da stimme sie meinem Kollegen zu. Er diene vor allem zum Kochen delikater Suppen, das sei nicht anders. – Ich: hierin hätten wir, der Staatsrechtler und ich, eben nicht einig werden können, für mich sei der Kerbel das geläufigste Kraut, als Kind habe ich es am liebsten zum Umwinden von Ostereiern verwendet, erstens, weil es mit seinem feinen Blatt besonders schön zeichne, und zweitens, weil man es nie weit habe suchen müssen. – Sie: davon habe sie noch nie gehört, le cerfeuil als Wiesenkraut, das gebe es nicht. – Ich: dann könnten wir das ja durch ihr Buch hier entscheiden lassen, das treffe sich günstig.

Sie setzte die Brille auf und begann, in dem Buch zu blättern. Es gab fünf Arten von Kerbel, und die erste Art entsprach ganz und gar ihren Vorstellungen. Er war als Gewürz zu verwenden und sehr beliebt. Aber siehe, die vierte Kerbelart zeigte sich weit verbreitet, und war, wie ich vorausgesagt hatte, auf allen Wiesen häufig, und zwar in ganz Mitteleuropa, keineswegs nur in der deutschen Schweiz: – Sie: das sei der kommune Kerbel, nun gut, aber um den eigentlichen Kerbel, der Kerbel, der zu etwas nütze sei, könne es sich dabei doch nicht handeln, sondern um eine wilde, zu keinem Gebrauch dienende Sorte. – Ich stimmte zu, wir hatten also beide recht, es war möglich, den Kerbel so oder so anzusehen, es war am Ende, wie ich geahnt hatte, nur eine Sache des Sprachgebrauchs.

Und so weiter. Wir betätigen die Lippen, ohne

die Zähne zu zeigen – es war deutlich, daß die Dame noch ihre richtigen Zähne hatte. Sich persönlich zu unterhalten, schien nicht eben ihre Art. Zwischendurch versäumte ich das Kaminfeuer nicht und suchte der Bewegung, mit der ich die Scheiter zurecht rückte, etwas Verläßliches zu geben. Ich sprach davon, daß ich mir mein Lebtag einen Kamin gewünscht hätte, aber jetzt, wo ich mir solche Wünsche erfüllen könne, hätten sie für mich ihre Verheißung verloren, sozusagen. Es gelang mir, indem ich um das richtige Wort kämpfte, meinem Französisch diese oder jene Nuance abzugewinnen, ohne die Tonart des Üblichen völlig zu verlassen, aber die Angebote wurden nicht angenommen. Französisch sprach man, in den Ohren der Dame, entweder fließend, oder es war kein Französisch. Dennoch redete ich, als sei ich der Dame zulieb gekommen. Warum sollte sie nicht den Eindruck gewinnen, hier sei ein Mann ausgewogener, gewichtiger, als die üblichen Freunde, die im Chalet ein- und ausgingen. Anne saß wortlos vor ihrer Milch. Sie ließ uns in ihrer entspannten Mattigkeit als festgefahrene Leute erscheinen, ein älteres Paar, das hinter seinem Gerede allerlei Besserwissen, Angeberei, einen Streit um die Plätze verbirgt. Wir imponierten ihr nicht, ich wußte es bei jedem Wort.

Die Dame hatte mich ins Messer meiner Wohlerzogenheit laufen lassen, und ich selber drehte es zierlich um, als hätte ich auf nichts Besseres gewartet, als wäre ich hierher gekommen, um über Kerbelsorten zu diskutieren. Ich saß mit übereinandergeschlagenen Beinen, angehobenen Hosenstößen, ich wußte, der Abend, den ich so gefällig hinbrachte, mit einem passenden Sätzchen verlängerte, der Abend meines Lebens, war verspielt.
Sie wolle sich jetzt zurückziehen, gab die Dame bekannt, ohne jedes Lächeln. Anne werde mir mein Zimmer zeigen und was ich etwa noch brauche, sie wünsche uns eine gute Nacht. Anne küßte sie.
Du wirst auch müde sein, sagte ich, als wir allein waren. Ja, sagte sie. – Es geht.
Die Stille sank ein. Mochte sie. Alles war besser, als ein zu schneller Anschluß, eine falsche Bewegung, und welche war nicht falsch, für jede saß Anne unerreichbar weit weg in ihrem Stuhl. Es gab eine Schwelle in diesem Raum, die nicht einmal meine Augen zu überspringen wagten. Ich hatte mich in die Körperlosigkeit hineingeredet wie in eine schreckliche Wohltat, jetzt war nur noch das Erschrecken da. Ich starrte ins Feuer. Vielleicht beschäftigte mich etwas Persönliches, und darum war ich so still.

Geräusche im Nebenzimmer. Die Dame schien etwas aufzuräumen. Sie dachte bestimmt nicht daran, ins Bett zu gehen, Geräusche des Auskleidens, des Zähneputzens, durch die dünne Wand preiszugeben, solange wir hinter dieser Wand saßen. Ich versuchte mir die Raumverteilung vorzustellen und fühlte mich zugleich schuldig und lächerlich dabei.

Soll ich dir dein Zimmer zeigen? fragte Anne.

Gern, sagte ich. – Hier stören wir deine Mutter.

Sie ging voran, die Treppe hinauf, ins niedrige Dachgeschoß. Da gab es an beiden Enden des kleinen hölzernen Korridors, in dem eine Wanderkarte unter Glas hing, je ein Zimmerchen, Kojen mit Dachschrägen.

Du kannst wählen, sagte Anne. – Das Badezimmer ist da hinten.

Wo hast du gedacht? fragte ich.

Wo du willst, sagte sie. – Nein: wo DU willst.

Wo bist du? fragte ich.

In meinem Zimmer. Unten.

Ich nehme das vordere, sagte ich langsam und stellte die Tasche ab.

Sie blieb in der Tür, ich stand im Zimmer. So lang umsehen konnte man sich in dem kleinen Raum nicht.

Ich möchte noch sehen, wo du schläfst, sagte ich.
O.K., sagte sie.
Wir gingen die Treppe wieder hinunter, ich jetzt ohne Tasche und Jacke. Ihr Zimmer lag dem der Mutter gegenüber. Es war lang und mit dunklerem Holz getäfelt; an jeder der beiden Schmalseiten, genau passend zwischen den Wänden, stand ein Bett. Hier also wäre ich am Samstag untergebracht gewesen, bei vollem Haus, und ohne Luc.
Im Elternzimmer hörte man Wasser laufen, so deutlich, als liefe es in diesem Raum.
Als Kind war ich immer oben, wo du jetzt bist, sagte Anne.
Ich fror in meinem dünnen Pullover. Ich stand vor ihrem Bett mit dem Indianerüberwurf und betrachtete das Bild an der Wand. Es war eine Bildergeschichte. Eine Reihe von Fotos war numeriert und nicht ganz regelmäßig über ein weißes Blatt verteilt. Sie zeigte einen jungen, schmal gebauten Mann mit einer jungen Ziege auf der Schulter, eine junge Frau in einer Ami-Jacke vor einer Mauer, lächelnd unter verregnetem Haar, dann eine ganze Gruppe von jungen Leuten beim Mahl in einem großen Estrich, worunter der Schmale und die junge Frau, dann beide zusammen mit Fahrrä-

dern, dann einen alten Mann mit faltigem Gesicht unter einem blühenden Busch, dann wieder den hageren jungen Mann, der barfuß, nur in Jeans, auf einem Stück Meeresstrand der Kamera entgegenlief, dann die beiden jungen Leute mit dem alten Mann vor einem offenen Kochfeuer, und so weiter. Am Ende der Serie das Gesicht der jungen Frau, groß, mit offenen, aufgeschreckten Augen. »Anne avant la maladie« stand darunter. Ich las von vorn: »On s'est connu en amis«, »Luc porte la bête«, bei den Fahrrädern stand »On s'est découvert«. Etwas später: »Luc et Anne se perdent«. Alles mit Bleistift, ohne Druck geschrieben, Annes Züge.

Ich hörte auf zu lesen, es war die Geschichte einer Liebe.

Können wir noch reden? fragte ich.

Hier?

Nicht hier.

Wir gingen wieder die Treppe hinauf, in die Koje, die ich nicht gewählt hatte. Anne zündete die Kerze an, die auf dem Tisch stand, dann setzten wir uns auf das Bett, es gab keinen anderen Platz. Ich zündete eine Zigarette an, mein Atem war mir gleichgültig, und die Kerze sollte nicht umsonst brennen. Wir berührten uns nicht.

Warum wolltest du, daß ich komme?
Ich habe mich auf dich gefreut, sagte Anne.
Ich auch. Ich dachte, wir könnten miteinander schlafen.
Sie sah mich an, dann faßte sie meinen Arm und ließ die Hand liegen, auch als der Griff nicht mehr fest war.
Dazu fehlt etwas, sagte sie.
Das war so unwiderlegbar, daß ich nickte. Ich fragte nicht, ob am Freitag weniger dazu gefehlt hätte, es half nichts, daß die Geschichte vielleicht ganz simpel war. Luc war hier gewesen und Anne wollte jetzt keinen andern Mann. Sie war nicht einfach treu, das wußte ich, aber sie achtete ihre Bedürfnisse, und die sprachen nicht für mich.
Schade, sagte ich.
Sie fuhr mir über das Haar. – Ich kann dir nichts zuliebe tun, sagte sie auf deutsch.
Ich weiß.
Wir redeten von Lucs Angst vor dem Spital, von Annes Ruhe und ihren Zimmergefährten, der Aster und der Sterbenden. Später habe ich mich einmal auf sie gelegt, und sie war heiter dabei und nicht unnachgiebig, aber das zärtlichste Wort in meinem Ohr hieß nein.
Wütend wurde ich erst in meinem Zimmer. Ich wartete auf die Überraschung. Das Haus

knackte fortwährend, es benötigte keine leisen Sohlen dazu. Als sie nicht kam, malte ich mir aus, die Treppe hinunterzustürzen und das Chalet in Geheul zu verwandeln, in ein Hexenhaus. Die Nacht wurde lang, der Schlaf kurz, scheu und chemisch. Aber einmal gab es einen Moment. Da stieß mir etwas auf, was zu meiner Verwunderung Schluchzen wurde. Es ließ sich fortsetzen, und mein Bett zitterte. Dann lebte ich, und es wurde still. Ich legte die Hände zusammen, Andacht für Annes Liebe zu einem andern. Aber das fiel mir erst später wieder ein, und es ist ja möglich, daß ich Anne nur ihre Ruhe nach- und zu meiner eigenen gemacht, daß ich einen Augenblick hoffnungsloser Ruhe, so gut wie möglich, festgehalten habe.

VIII

Als wir ein paar Schritte vom Haus entfernt waren, drehte ich mich um. Hier war ich diese Nacht gewesen. Es war ein Kästchen, braun auf weißem Sockel mit fleischrotem Dach, das dem eines Emmentaler-Hofes nachgebaut war, nur kleiner. Seine Abgelegenheit war durchdringend, und der kreidige Weg mit seiner grünen Mittelspur, der hinaufführte, machte sie noch tiefer. Der Waldrand war grau, es rieselte in der Luft, eher Nässe als Regen. Die Summe dieses Rieselns war grau. Aber kein Nebel, man sah recht weit: ein Tälchen hinauf, dem sich die schieferdunklen Hügel weich anlagerten, und ins Dorf hinunter. Man konnte die Fenster zählen, aber wozu sollte man Fenster zählen. Das Grau war keine Farbe, sondern ein Zustand. Die Kühe läuteten. Sie standen am Draht neben meinem Renault, als befragten sie ein Orakel. Mein Wagen. Von unten schob ihm ein roter Volvo sein gepanzertes Kinn entgegen, bis hart an die Stoßstange. Die Wagen schwitzten kalt. Die Kühe schoben ihre Köpfe und Mäuler nach uns. Mein Seitenfenster hatten sie schon

abgeleckt. Den Volvo erreichten sie nicht. Jetzt konnte ich den Renault nicht anrollen lassen. Ich mußte die Dame bitten, ihr Sicherheitsauto zu verschieben. Aber erst mußte noch gewandert werden.
Ich hielt den Kühen meinen Ärmel hin. Eine faßte ihn mit der Zunge, schlang den feuchten, schwerfälligen Muskel um mein Handgelenk und schnaubte mich an. Wärme. Ich ließ meinen Arm, wo er war. Meine Finger sahen alt aus. Die Kuhzunge näßte meinen Unterarm, der sich aus meinem Zeug herausgeschoben hatte: aus dem braunen Pullover, der schwarzen Cordjacke, dem rostroten Regenmantel. Der gehörte der Dame, und er kniff unter den Schultern. Anne hatte mir helfen müssen, ihn über den sperrigen Cord zu zerren. Schließen ließ er sich nicht, aber er war, nach gemeinsamer Übereinkunft, besser als nichts. Dazu hatte Anne mich anfassen müssen, kräftig sogar, und am Schluß hatte sie mir einen Hut auf den Kopf gesetzt, einen grauen Filz mit lahmer Krempe. Es machte ihr Spaß, daran herumzudrücken. Dazu stand sie auf den Zehen, und ich sah ihre Brüste unter der weißen Strickjacke. Ich habe nie im Leben einen Hut getragen, außer auf einem Maskenball. Er steht dir, hatte Anne gesagt. Sonst hänge immer genug altes Zeug

herum, entschuldigte sich die Dame. Diesmal hatte nicht einmal Luc etwas vergessen. So mußte ich mit dem mütterlichen Regenmantel vorlieb nehmen. Es war der bessere, der alte war noch viel kleiner.

Ich war nicht darauf gefaßt, daß sie mich jetzt in die Arme nahm. Ich fuhr fort, der Kuh meinen Arm hinzustrecken. Anne grub den Kopf in meine Schulter und drückte ihn hin und her. Mit dem linken Arm konnte ich sie dabei etwas halten. Am rechten schnaubte die Kuh und beschäftigte sich jetzt mit dem Regenmantel. Ich starrte auf mein Handgelenk, sah, auf einem winzigen Höcker, meinen Puls zappeln.

Ich mag dich sehr, sagte die Stimme in meinem Pullover.

Ja, sagte ich, ich dich auch.

Wie fühlst du dich? fragte die Stimme.

Verkleidet, sagte ich. – Vogelscheuche.

Vogelscheuchen locken keine Kühe an, sagte sie.

Ich blickte mich um. Salz müßte man haben. – Es ist schön hier, sagte ich nach einer Weile.

Es war auch schön hier. Je weiter wir gingen, desto unbewohnter wirkte das Tal. Wir verließen es linker Hand auf einem landwirtschaftlichen Weg, der an einem vergrasten Scheibenstand vorbeiführte, dann über eine gelinde

Höhe, auf der Bäume Gruppen bildeten. Ihre Herbstfarben leuchteten schweigsam aus dem ruhigen Dunst. Naturschutzgebiet, las ich laut. Jetzt sehe ich, warum dein Vater hier gebaut hat und nicht mehr bauen dürfte. – Wir gingen nebeneinander über die nasse Weide, die unregelmäßig abgegrast war. Alle paar Schritte hatte das Vieh ein Polster, ein Büschel Hahnenfuß oder Segge stehenlassen. Ein stärkeres Grün, auf dem der Tau zur Geltung kam. Eine kunstgewerbliche Beweidung. – Ja, sagte ich, denn Anne erzählte dies und das aus den vergangenen Ferien, von der mißratenen Idee, bei ihren Bauern zu arbeiten, von der Vorgeschichte ihrer Krankheit. Manchmal mußten Gatter geöffnet, durchschritten und sorgfältig wieder geschlossen werden. Dabei mögliche Zärtlichkeiten versäumten wir.

Da vorn ist das Haus, sagte Anne.

Von dem du erzählt hast, sagte ich.

Es war ein altes Bauernhaus, das herrschaftlich wirkte mit seinem ungeheuren Dach und den verstärkten Mauerecken, die sich aber bei naher Betrachtung als nur gemalt erwiesen. Die grünen Läden waren geschlossen und der Garten verwildert.

Es steht schon viele Jahre leer, sagte sie. Es gehört der Gemeinde.

Und ihr habt der Gemeinde geschrieben, ob ihr es mieten könnt.
Pachten, sagte sie, als wir darum herumgingen. – Es müsse einiges gemacht werden, aber eigentlich ist alles noch da. Wenn der Zins nicht zu hoch ist, könnte man davon leben.
Luc ist sicher geschickt, sagte ich. Er könnte das meiste selbst reparieren.
Sie blickte an der verwaschenen Hauswand empor, durch die ein langer Riß lief.
Das ist nur äußerlich, sagte sie. – Das haben wir geprüft. Was würdet ihr denn treiben? Viehzucht? Oder auch Ackerbau? Hier lohnen eigentlich nur Schafe. Vielleicht ein paar Kühe und Ziegen für den Eigenbedarf.
Wir gingen weiter.
Schreiben nützt aber nichts, sagte ich. – Ihr müßt schon hingehen und mit den Leuten reden. Mit Reden erreicht man am meisten auf einem Dorf, und dein Vater ist ja wohl eine Respektsperson.
Als das Haus außer Sicht war, nahm Anne wieder meine Hand, die war jetzt trocken, klebte nur ein wenig.
Ich dachte, du hast Angst vor Kühen, sagte ich.
Man kann ändern, was man wirklich will, sagte sie. Hier bin ich immer besonders gerne gegangen.

Weil es schön ist, sagte ich.
Die graue Kalkspur unter unsern Füßen war jetzt ganz zugewachsen, der Weg war ein Wiesenpfad geworden, der als hellere Spur durch einen offenen Kiefernhain führte. Die Bäume waren kräftige, buschige Einzelstücke, vom Widerstand gezeichnet, den sie dem hier oben immer herrschenden Wind entgegensetzten.
Es erinnert mich an einen Film, sagte ich, La Notte, aber auch an vergangene Zeiten, als der Adel solche Landschaften im Schäferkostüm bevölkerte und Musik dazu machen ließ.
Es sollen dir aber keine vergangenen Zeiten einfallen, sagte Anne, sondern du sollst nur da sein, wo du jetzt bist, und nur von dem reden, was du gerade siehst.
Das ist schwierig, sagte ich. – Du hast es einfacher, dich erinnert es schließlich an deine Kindheit.
Kindheit ist etwas anderes, sagte sie. – Das ist man selbst.
Du schon, sagte ich.
Die parkähnliche Höhe senkte sich in einen Wiesengraben, in dem ein Bach floß. Das kleine Wasser hatte eine komische Eile.
Man sieht dem Wasser an, ob es Frühling ist, oder etwas anderes, sagte ich, man brauch-

te nur das Wasser zu sehen und nichts drum herum.

Gehen wir jetzt über den Berg, fragte sie, als der Weg sich teilte.

Hier war wieder Jura, dichter Wald, der Fußweg war von braunem Buchenlaub bedeckt. Es war nicht sicher, ob es zu regnen begonnen hatte oder nur von den Bäumen tropfte. Der Mantel störte mich beim Steigen, außerdem fühlte ich die Knöpfe immer auf der falschen Seite. Ich zerrte ihn vom Leib.

Aber den Hut läßt du auf, sagte sie.

Er gehört nicht zu mir.

Heute gehört er zu dir.

Ich lasse ihn auf, weil es lächerlich wäre, mit dem Hut in der Hand durch den Wald zu gehen.

Es war merkwürdig, wie hoch dieser Wald gewachsen war, denn die Stämme: Buchen, gelbe Birken und immer häufiger Tannen, schienen ihre Wurzeln bloß in grauen Fels schlagen zu können. Meterlang lag ihr Geflecht offen zutage, umklammerte einzelne Kalkbrocken und suchte Halt in schwarzen Nischen. Dabei war der Boden grün, ein begrüntes Trümmerfeld aus dichtem Moos, fleckigem Gestein, Fallholz mit Flechtwerk und allerlei Pflanzengesellschaften.

Wenn das hier nicht so saftige Blätter hätte, wäre es Efeu, sagte ich mit kurzem Atem, und für Klee ist es zu groß. – Oder: Was da drüben so leuchtet, würde ich am liebsten als Bambus betrachten. –

Von jeder unbestimmbaren Pflanze nahm ich einen Zweig mit, auch von einem dunkelgrünen Gewächs, dessen Blätter, vielfingrig, kleinen Palmwedeln glichen.

So grün, wie du bist, kann man im November gar nicht mehr sein, sagte ich.

Es ist auch erst Oktober, sagte Anne.

Wie recht du hast, sagte ich.

Wir waren jetzt wohl eine Stunde gegangen, ohne die Höhe erreicht zu haben, von der man auf den See hinunter blicken mußte und in die Ferne, wenigstens an einem klaren Tag. Anne blieb stehen.

Du bist heute anders als gestern, sagte sie.

Ich betrachtete sie, den Regenmantel über dem Arm. Sie trug ihre Ami-Jacke und ihr Gesicht glänzte, oder war es nur ihre Haut? Sie sah trotz der Röte noch angegriffen aus.

Es liegt eine Nacht dazwischen, sagte ich, und außerdem trage ich diesen Hut. Der macht mich anders.

Bist du sehr traurig, fragte sie, es war keine Frage, und so lächelte ich freundlich.

Ich habe Hunger, das dürfte so kurz nach dem Frühstück nicht sein, aber ich halte es für ein gutes Zeichen, sagte ich.
Auf dem Abstieg faßte sie mich wieder bei der Hand. Eigentlich war es nicht nötig, denn sie kletterte müheloser als ich. Die Sicht wurde immer schlechter. An einigen Stellen nahmen wir Abkürzungen, achteten nicht auf unsere Schuhe und betrachteten im Vorbeigehen eine Kiesgrube.
Hier soll im letzten Krieg ein Landesverräter erschossen worden sein.
Ja, sagte ich, das haben immer die eigenen Leute besorgen müssen, die Kameraden. Aber sie wußten nicht, ob ihr Gewehr scharf geladen war. In manchen Läufen steckten blinde Patronen.
Merkt man den Unterschied denn nicht, fragte sie.
Man muß ihn nicht merken, wenn man aufgeregt ist. Aber der Rückstoß ist verschieden.
Cochonnerie, sagte sie, und nein sagen konnte man nicht?
Ich nehme es an.
Warum mußten es die Kameraden tun?
Aus Ehrengründen, oder weil die Abschreckung stärker war, wenn man auf jemanden schoß, den man kannte.

Luc macht keinen Dienst. Er weiß nicht wieso, aber sie haben ihn zurückgestellt und vergessen. Er hat noch nie einen Marschbefehl bekommen.
Ich bin Offizier, sagte ich.
Ich weiß.

IX

Wir haben uns verlaufen.
Nein, sagte sie.
Ein Mann rannte vor uns durch, ohne sich umzusehen. Sein grell blauer Trainingsanzug leuchtete unter den verhangenen Bäumen. Er lief schwerfällig, aber regelmäßig, wie auf einer Schiene, mitten durchs Gestrüpp. Sein Schnaufen war noch zu hören, als er verschwunden war.
Nach einigen Schritten standen wir vor einer nassen Sägemehlspur. Dann tauchte die blaue Figur jenseits der Lichtung wieder auf und schob die Ellbogen hin und her. Die Lichtung war eine Sportanlage, mitten im Wald, ein regelmäßiger Fleck aus gepflegtem Grün, um den eine rote Bahn mit weißen Streifen lief. Etwas weiter unten ein Gebäude aus Beton.
Das wäre also die Sportschule, sagte ich.
Wir traten beiseite, denn der Blaue kam wieder angetrabt. Diesmal sah er uns und wünschte einen guten Morgen. Wir sagten nichts. Ich lief ein paar Schritte hinter ihm her und hob dazu mächtig die Beine an. Ich bewege mich zu

wenig, ich weiß es. Dann bückte ich mich nach dem Hut.
Das ist nur ein kleiner Teil des Ganzen, sagte Anne.
Etwas weiter im Wald stießen wir auf eine Anlage, die ich für eine Kampfbahn hielt. Eine Reihe grober Rundhölzer, und am Ende eine Art Sprunggerüst aus ebensolchen Hölzern. Mit ein paar Riesenschritten, gefrorenen Sprüngen, stieg ich hinauf, zog Anne nach, und wir blickten auf die Anlage nieder. Wahrscheinlich simulierte sie eine Hürdenstrecke. Hinten im Wald schnaufte wieder der blaue Mann vorbei.
Die Eisenträger, sagte ich. – Sie sehen elend aus, wie dünne Arme. Wie sie sich aus dem Boden stemmen und diese groben Hölzer in ihren Fäustchen halten. Wofür mögen die gestraft sein.
Hier muß jeder leiden.
Und alles im Grünen, sagte ich. – Die Belange des Landschaftsschutzes sind gewahrt, das sieht man.
Bei der Weitsprunganlage wischte ein Arbeiter gefallenes Laub von der Unterlage und schien etwas dagegen zu haben, daß ich sie mit den Schuhen prüfte. Sie war violett-rot, fühlte sich hohl und elastisch an, ohne gerade zu federn.

Man geht plötzlich auf Lava oder einem andern Stern, sagte ich.
Anne sah mir zu, wie ich auf und nieder hüpfte, länger als nötig. Der Arbeiter gab mir keinen Blick.
Guten Morgen, sagte ich.
Der Blaue lief gerade wieder in der Nähe vorbei und sah mich perplex an. Er hatte ein unschuldiges, gerötetes Gesicht, jetzt keuchte er, aber er hielt sich nicht auf. Er hatte sein Gelübde noch nicht abgelaufen, Gesundheit, ewiges Leben oder ein Diplom.
Das also wäre jetzt Magglingen, sagte ich. – Ich traue den Frauen zu viel zu. Ich erwarte mehr von ihnen, als vom lieben Gott. Alles, was mir fehlt, treibe ich bei ihnen ein.
Ich kenne dich nicht genug, sagte Anne, aber ich glaube, du hast recht. Du machst zuviel von andern Menschen abhängig.
Nicht von andern Menschen, sagte ich. – Von dir.
Das meine ich, sagte Anne.
Wenig später standen wir auf der Straße. Sie hieß »End der Welt«, und Anne sagte: Jetzt gehen wir zurück. –
Es ist schon bald elf Uhr, sagte ich. –
Irgendwoher läuteten Kirchenglocken, eine Beerdigung vielleicht. –

Schade, daß ich von der Aussicht wieder nichts gesehen habe, sagte ich, aber auf dieser Seite liegt der Nebel dichter, und da wir auf ihn hinunter sehen können, auch wenn er nicht grade ein Nebelmeer ist, müßte es bei uns oben eigentlich hell sein. Offenbar liegen wir aber zwischen zwei Nebelzonen.
Wir hatten den Wald verlassen, auf dem offenen Feld regnete es unmißverständlich, und ich zwängte mich wieder in den rostbraunen Damenregenmantel, den ich die ganze Zeit auf dem Arm getragen hatte. Wir gingen auf dem Asphalt, der anstieg, um mir wieder heiß zu machen; nach einer Einfamilienhaussiedlung breiteten sich oben auf weiter Wiese neue Sportanlagen aus. Links gegen den Wald hin ein Tennisplatz mit hohen weißen Stühlchen, in denen kein Mensch saß. Rechts ein einzelnes Fußballtor vor einem giftgrünen Stück Kunstrasen, der wie ein falscher Frühling in das nicht mehr so heftige Naturgrün eingelassen war. Weiter hinten nochmals eine Anlage, ein weites Oval, um das eine breite lila Bahn lief. Vor uns ein Restaurant mit Gartenmobiliar unter kahlen, schwarz genäßten Kastanien. Der Asphalt hörte auf, wurde zu einem Weg aus Kunststeinfliesen, und als wir ihn weiter gingen, tat sich vorne, bevor das Gelände wieder in Wald abfiel,

noch einmal Architektur auf, ein Kunstbehälter aus grünlichem Glas. Drinnen war's belebt, hell wie in einem Aquarium. Man blickte durch ungeheure Schaufenster auf eine weitläufige grüne Bodenfläche, wo viele Leute alles mögliche trieben. Wir gingen auf den Preßsteinplatten, die den Kubus umliefen, hundert Meter weiter, bis wir eine Tür fanden, die sich öffnen ließ. Drinnen gähnte uns, mit einem Hauch von Chemie, Schweiß und Magnesia, eine plötzliche Wärme ins Gesicht. Wir gelangten, kleiner als unter freiem Himmel, über eine breite Galerie, die mit robustem gelbem Textil bedeckt war, auf die gegenüberliegende Längsseite. Hier führten hüfthohe Stufen, ebenfalls mit dem gelben Textil belegt, auf den Grund der Halle nieder. Aber wir blieben am obersten Rand sitzen, wir waren die einzigen altertümlich angezogenen Leute hier, und der Betrieb ließ uns schweigen.

Das Personal, das sich hier bewegte, war jung und bunt, hellblau, dunkelgrün, ockergelb, rot in allen Schattierungen, am häufigsten rot: weinrot, scharlach, purpur, blutrot. Viele trugen Streifen auf Schultern und Ärmeln, manchmal auch Lettern SCF oder TVA, die gehörten zu einer Vereinigung, einem Club Gleichfarbener oder Gleichgesinnter. Viele zeigten nackte

Beine, die andern enge Trikothosen unter nacktem Oberkörper, die Mädchen fröhliche Leibchen. Gerade unter uns stand eine Gruppe solcher Mädchen um eine Hochsprunganlage herum, von Zeit zu Zeit sprang auch das eine oder andere übers Gummiseil auf ein hohes blaues Schaumgummipolster. Ein älterer Mann besprach die Sprünge mit ihnen, er war eisgrau und kräftig, sein grüner Sportanzug paßte zu seiner Bräune. Weiter hinten wurde, mit kurzen wilden Schreien, Diskus geworfen, gegen die Glaswand, aber bevor der Diskus das Glas zerschlagen konnte, wurde er von einem durchhangenden Netz abgefangen und rutschte sachte zu den Werfern zurück. Im zwei Kojen, die durch Stellwände gebildet wurden, mußte Tischtennis gespielt werden, denn man sah junge Männer, oder Teile von ihnen, mit Schlägern in der Hand hin und her hüpfen. Gelegentlich bückte sich einer auch nach hinten, dann sah man ihn ganz. Das Klicken der Bälle war unhörbar. In der schwimmenden Akustik der Halle verschlugen sich die Töne. Man hörte auch nicht, wem die Pfiffe galten, die rhythmisch, wie von einer Maschine, abgegeben wurden. Mitten in der Halle, vom Netzwerk abgetrennt, spielten ein paar Leute Basketball. Die Pfiffe, von denen sie angeleitet wurden, kamen unregelmäßiger, aber melodisch-zweistimmig. Ein einzelner Mensch in Türkisblau warf immer denselben Ball immer demselben Korb zu, und da er ihn auch immer traf, war nicht recht einzusehen, warum er die Übung unaufhörlich wiederholte. Ein Grüppchen Männer übte Rennen, wenigstens die ersten Schritte davon. Sie starteten nur immer und ließen nach zehn Schritten die Glieder erschlaffen, einer aber rannte wirklich davon, hatte ein Signal überhört oder ließ sich nicht halten, umkreiste den ganzen Platz und legte immer wieder, ohne erkennbaren Grund, einen Spurt ein. Im Hintergrund, wo es zu den Garderoben ging, war ein Kommen und Gehen, aber mehr Kommen als Gehen. Neue bunte Figuren traten ins Grüne hinein, warfen Tücher hinter sich und begannen sofort, als wäre der Boden elektrisch geladen, zu hüpfen.

Wir saßen und sahen zu. Sogar Kugelstoßen war in dieser Halle möglich. Freilich schienen die Kugeln nicht aus Eisen zu sein, sonst müßten sie den grünen Boden beschädigt haben. Manchmal kamen andere Zuschauer in die Nähe, aber es waren immer Sportler. Auch die Hochspringerinnen setzten sich auf die Stufen, um sich vom Eisgrauen, der dabei seine eigenen Beine hob, ohne zu springen, eine Haltung

erklären oder verbessern zu lassen. An der Decke Beleuchtungskörper dicht an dicht, Schienen, Züge wie in einem Theaterhimmel. Auch Ringe hingen dort, hoch wie Trapeze, aber man konnte sie gewiß herunterlassen, wenn man wußte, wie.
Wir sollten gehen, sonst kommen wir zu spät, sagte Anne.
Zu spät wohin?
Zu den Spaghetti.
Ich könnte hier ewig sitzen bleiben, es ist spannend wie die Hölle und wärmer als draußen.
Bitte komm.
Im Freien blieb ich vor einem Schild stehen. Ich las es laut vor:

Liebe Fahrzeuglenker,
halten Sie sich an die Parkordnung. Wir warnen Sie, da Verstöße von der Polizei geahndet werden. Es hat noch Parkplätze im End der Welt, bei den untern Hallen und beim Forschungsinstitut.

Betriebsverwaltung ETS

Liebe Fahrzeuglenker, und dann die Warnung, sagte ich. – Die Betriebsverwaltung ETS tut so, als wäre sie auf der Seite der Besucher und hätte auch etwas gegen die Polizei. Dabei hat die

Polizei selber das Schild hingesetzt, da bin ich sicher.
Komm jetzt, sagte Anne.
Ich ließ mir ihre Hand geben und bewegte mich nicht, als sie zog.
Außerdem, sagte ich, ist es nicht korrekt zu schreiben: Es hat Parkplätze. Es gibt Parkplätze, müßte es heißen. Anne zog nicht mehr, sie ließ meine Hand wieder los, und ich sagte:
Für Leute, wie wir, die keinen Wagen bei sich haben, ist das Schild sinnlos, und für Leute, die mit dem Wagen gekommen sind, ist es eine Gemeinheit, denn sie müssen ans End der Welt zurückfahren und wieder hierherrennen, besonders im Regen. Möglich, wenn es Sportler sind, macht es ihnen nicht soviel aus. Parkieren ist übrigens auch nicht korrekt. Parken muß es heißen, wenn schon. So wie es Unterbrechung heißt und nicht etwa Unterbruch. Unterbruch ist ein Wort, das Deutsche komisch finden, vielleicht weißt du das von Erlangen her, sonst merkst du dir's jetzt. Unterbruch ist wieder einmal typisch deutsche Schweiz.
Martin, sagte Anne.
Ihre kurzen Haare klebten im Regen. Ihre Augen waren weit geöffnet und unwillig. Ich schob ihr langsam die Kapuze des Amimantels über den Kopf. Die Pfiffe waren auch noch

durch das Glas deutlich zu hören. Jemand pfiff jetzt in kurzen Intervallen, setzte jemand anders in Trab.

Ich möchte jetzt im End der Welt einen Kaffee trinken, sagte ich. – Dort, wo es Parkplätze hat.

Ich drehte mich weg, es war die falsche Richtung, und wir hielten uns nicht mehr bei der Hand.

In der Gaststube war niemand. Es dämmerte schon fast, und wir setzten uns an den Tisch, auf dem ein Teller voll Mandelkipfel stand. Ich begann sofort zu essen. Nach einer Weile kam eine ältere Frau und fragte uns mißtrauisch, was wir wünschten. Anne wünschte nichts. Ich einen Kaffee. Ich bestellte mit vollem Mund. Es war mir egal, wenn Krumen an meinem Mund klebten. Ich zog nicht einmal den Regenmantel aus, nur den Hut legte ich auf den Stuhl.

Der kleine Raum glänzte matt. Das viele Holz glänzte wie Speck. Die Tischtücher aus Plastik, die Stofftischtücher nachahmten, und die Schädeldecken der geschossenen Rehböcke glänzten an der Wand. Es war eine Jägerstube. Ich begann herumzugehen, betrachtete das Bild eines Hundes, eine Originalradierung, wie am Rand vermerkt war. Das Tier hatte einen melancholisch beflissenen Blick, und alles an seinem Gesicht hing herunter, die Ohren, die Augenfalten, die Lefzen. Die Rose auf dem Schanktisch war Plastik, aber der dünne Philodendron, der sich an einigen Schnurzügen zur Decke zwirnte, war so natürlich, wie ein Philodendron nur sein kann. Darunter lag ein Bündel Heftchen: »Der Schweizerjäger«.

Die Frau brachte den Kaffee, und ich nahm den zweiten Mandelkipfel. Ich begann aus dem Schweizerjäger vorzulesen: BIENE-Hundehäuser in wärmehaltiger Massivkonstruktion sind ein Begriff! – Beim Lesen jagdlicher Lektüre, aber auch in Kochbüchern findet man immer noch ein breites Spektrum von Anleitungen, wie Wild nach dem Schuß zu behandeln sei. – WINTER-VERBISS-SCHUTZ. – Feisthirschzeit und anschließende Brunst domnieren – domnieren? – domnieren im Monat September das Geschehen rund um unsern Rothirsch. –

Ich hielt Anne das Bild hin. Ein Vierzehnender beugte sich zu einer liegenden kleinen Hirschkuh nieder und beschnüffelte ihren Scheitel.

Privatklinik für Frischzellenbehandlung. Dr. med. Barbillotte, 77 Singen Htw. – Bieten Sie Ihrem Jagdhund eine wohnliche Unterkunft. – Redaktion Wendelin Fuchs, Fliederweg 2,

6438 Ibach. – Jäger sind Heger, an jedes Auto für jeden Jäger den ansprechenden Kleber.
Ich drehte das Heft zu Anne um, damit sie die Kleber-Eule sehen konnte, aber sie sah nur auf den Tisch.
Du gefällst mir nicht, sagte Anne.
Deine Mutter gefällt mir auch nicht. Sie ist eine harte Person. Sie erdrückt einen, ohne es zu bemerken. Sie fürchtet sich vor Neugier jeder Art. Sie will überhaupt nicht wissen, was mit einem Menschen los ist. Und dein Vater hat ein großer Diplomat werden wollen, und man hat ihm immer nur einen kleinen Posten gegeben. Man hat ihn in Bern auf einen Bürostuhl gesetzt und sitzen lassen, bis er grau war. Grau, sauer und herrisch. Wenn er nicht französisch spräche und sich Minister nennen dürfte, bliebe ihm nur noch seine Überarbeitung. Zur Strafe läßt er keine andere Meinung mehr gelten. Seine Frau hält er in eurem sogenannten Ferienhaus fest, an dem er nie recht Freude gehabt hat. Und wenn seine Frau in der Einöde hinten sitzt, sitzt er in Bern unten im Nebel und verläßt sich darauf, daß sie zittert, ob er gut versorgt ist und ob sie nichts versäumt. Dabei zittert sie gar nicht, das geht über ihr Vermögen. Bloß, wenn er nicht denken dürfte, er könne seiner Frau ein bißchen Angst machen, müßte er denken, sie

würde gar nicht bei ihm bleiben. Er ist darauf angewiesen, daß sie beide schnell alt werden, auch wenn er täglich darüber klagt. Und wenn du ein anderes Leben führst, dann beleidigst du ihn und bist am Ende schuld, wenn er stirbt.

Von wem redest du? fragte Anne.

Ich würde dich gerne streicheln, sagte ich, aber ich habe keine Hände mehr.

Sie nahm meine Tasse zwischen die Hände und trank daraus. –

Als ich damals bei euch war, sagte sie, da dachte ich, ich hätte euch gern als Eltern gehabt.

Uns?

Deine Frau und dich.

Ich sagte: mach dich nicht lustig. – Ich starrte ihr in die Augen, es war Licht darin und blasser Ernst. Plötzlich fiel mir ein, daß sie in ihrem Brief aus dem Spital geschrieben hatte, sie habe als Kind an Selbstmord gedacht.

Jetzt nicht mehr, sagte ich laut. Ich sagte es jedenfalls. Jetzt nicht mehr. Jetzt wußte sie, daß ihr nichts mehr geschehen konnte, und daß auch der Liebste ihre Sicherheit nicht störte, und auf einmal ertrug ich es wieder, daß ich dieser Liebste nicht war. Es gab nichts mehr, was zwischen uns beiden stand, als die durchsichtige Wahrheit. Jetzt nicht mehr: Es stand

nicht mehr und nicht weniger zwischen uns, als der stille Schrecken, der Leute verbindet, wenn sie ihre Trennung einsehen, leibhaftig, unwiderruflich, und nicht ohne Liebe.
Die ältere Frau erschien und fragte, ob wir noch etwas wünschten.
Bezahlen, sagte ich, und ein Taxi.
Ein Taxi? Aber das müßte man von Biel kommen lassen, das dauert.
Ein Taxi, sagte ich. – Und bitte noch eine Flasche. Beaujolais.
Eine Flasche, fragte Anne. – Ich darf jetzt keinen Alkohol –
Ich weiß, sagte ich. – Ich trink sie allein.
Ich habe nachgedacht diese Nacht, sagte sie. – Wahrscheinlich hast du mich ganz falsch verstanden, als ich sagte, zwischen uns fehle etwas Ich hätte sagen sollen –
Wenn du meinen Kaffee schon angefangen hast, sagte ich, dann trink ihn auch fertig.
Ich hätte sagen sollen, sagte sie, es ist etwas zuviel.
Nach dem dritten Glas Wein schwieg ich immer noch.
Entschuldige mich, sagte sie.
Nein.
Sie lächelte und stand auf. Ich ging ihr nach.
Du bist dort drüben, sagte sie. – »Männer«.

Nein.
Wir standen in einem schmalen holzgetäfelten Gang. Ich hatte ihren Arm gepackt.
Was ist los? fragte sie.
Es ist der letzte Moment.
Wofür?
Für mich.
Sie blickte mich an, lächelte nicht mehr. Ich sah mein eigenes Entsetzen in ihren Augen.
Nicht so, Martin. Bitte nicht so.
Wie denn? Wie darfs denn sein?
Sie senkte die Augen. Sie schämte sich für mich.
Du, sagte ich und faßte ihr Gesicht, am Kinn.
Ja.
Ich möchte dich als Freund. Nicht als Liebsten, aber als Freund. Das hast du mir geschrieben. Und weißt du, was noch? Das eine schließt das andere bei Gelegenheit nicht aus. Hast du geschrieben.
Jetzt sah sie mich wieder an, mit vollem Blick, verständnislos bis auf den Grund ihrer Augen, ihrer grauen, fragenden Augen, die nicht wußten, was es denn hier zu fragen gab.
Aber das ist doch nur die Wahrheit, sagte sie.
Was – fällt – dir – ein, sagte ich.
Da fuhr ihr Gesicht beiseite, als hätte ich sie getroffen. Ich muß geschlagen haben, sie, ins

Gesicht. Ich versuchte sie aufzufangen, begegnete ihrem Körper, wenn das ein Kampf war, so war er von einem unaufhörlichen Zusammenbruch nicht zu unterscheiden, eigentlich kämpfte ich nur noch um Luft, rang um Atem gegen einen Widerstand, der mich zur Verzweiflung brachte, wenn er nachgab, der mich erstickt hätte, wenn er unüberwindlich geblieben wäre.

»Männer« las ich an der Tür vor mir, »Frauen« an der nächsten Tür.

Halt dich fest, hörte ich Anne sagen. – Halt dich nur fest.

X

Bei der Ausfahrt aus dem Gelände der Sportschule hing ein Transparent über der Straße, das die Besucher aufforderte, Magglingen sauber zu halten. Magglingen konnte mit uns zufrieden sein. Ich hatte nicht einmal die Stiele weggeworfen, die ich im Wald gesammelt hatte. Das Zeug wie Efeu, das jedenfalls kein Klee war; der falsche Bambus, der im Taxi nicht mehr leuchtete; der violette Spätblütler, der Kreuzkraut gewesen wäre, wenn er gelb geblüht hätte; sogar die saftig gefingerten Palmhändchen: ein Strauß war's nicht, nur ein Büschel Zeug, aber meine Hand hielt es feucht. Ich hatte zuviel getrunken, und Anne saß neben mir auf dem Polster. Aus beidem zusammen folgte nichts. Ich saß nur still, sonst wäre mir schlecht geworden. Wenn ich nicht selber fahre, wird mir schlecht, besonders, wenn auch noch die Sicht schlecht ist, sich in den beiden kleinen Feldern, die die Wischer auf die Scheibe fegen, dreht und wendet, wenn Bäume stürzen und Häuser wegkippen. Fächerförmige Sichtfelder, bei jeder Kurve gemustert von einem neuen Weltuntergang, während mein Körper schlenkert, steuerlos. Vorn hätte ich sitzen müssen. Die Illusion, an der Führung des Wagens beteiligt zu sein, seine Richtung mitzubestimmen, schon das hätte geholfen. Aber um nichts in der Welt hätte ich mich zum Chauffeur gesetzt. Für den Rest der Zeit gehörte ich neben Anne.

Die Kreuzung bei Evilard, schattenhaft: gestern war ich hier noch allein abgebogen. Von hier an wurde die Hinfahrt von gestern zur Rückfahrt von heute, oder umgekehrt. Umgekehrt, das durfte mein Magen nicht hören. Der Kirchturm von Orvin: konnte der über Nacht rund geworden sein? An den Friedhof dachte ich erst, als er schon vorüber war. Die Scheibe abwischen, mich umsehen, durfte ich nicht. Nur keine Bewegung. Nur mich nicht nach vorn beugen und leise sagen: Würden Sie bitte anhalten, ich muß nur mal kotzen. Was das auf französisch heißt, fiel mir auch nicht ein. Nach Worten ringen, das hätte noch gefehlt. Da hätte er die Bescherung gleich gehabt. Auf den Vordersitz, das Armaturenbrett, alles. Aber wir waren gleich da. Noch eine Kurve, eine mit Durchsacken, und jetzt nur noch eine einzige. Anne dirigierte. Ich konzentrierte mich auf ihre Stimme. Sie war schon groß, und ich war alt.

Voraus die beiden Autos verlassen im weiten

Feld, dahinter das graugrüne Tal. Der Blick auf die Uhr später bitte, wenn der Wagen stand. Warum noch so ein Schwung an den Rand. Ich griff in die Tasche. Das war MEINE Fahrt. Die Tür neben mir war offen, das Gras darunter stand still, aber ich fuhr noch immer. Pardonnez-moi, sagte ich dem Chauffeur, als er immer noch in seinem Portemonnaie kramte. Das war zuviel. Un moment, s'il-vous-plaît. Ich ging steifen Schritts in das nasse Grün hinaus und erbrach mich daß Gott erbarm, rot, rot, aber ich roch ja, daß das kein Blut war, die ganze Weide roch nach sauer gewordenem Beaujolais, Cuvée du Patron.

Anne sagte etwas, da erbrach ich mich zum zweiten, zum dritten Mal, es hörte nicht auf, bis auf die Galle. Attends-voir, sagte ich mit nassem Gesicht, von dem war alles abgetropft, die letzte Farbe. Dann lächelte ich und nahm das Herausgeld entgegen. Der Fahrer, ein älterer Mann, sah mich erschüttert an.

C'est rien, sagte ich, le reste pour vous.

Anne brauchte mich nicht zu halten. Das Taxi stand noch eine ganze Weile, bevor es wendete, genau so, wie ich gestern gewendet hatte. Die Kühe standen auch, sie vergaßen sogar das Läuten. Es regnete stark.

Wo ist dein Hut, fragte Anne.

Sie strich mir über die Stirn. Mein Atem, ojeh. Nun ja. Und jetzt noch der Hut.
Vergessen, sagte ich durch die Zähne. – Auf dem Stuhl, im Restaurant.
Macht nichts, sagte sie. Aber komm jetzt rasch. Steh nicht da.
Gehen konnte ich wirklich ohne Händchen.
Brauchst du etwas? fragte sie.
Ja.
Nein, sagte ich. Ein paar Schritte frische Luft. Der Wein, und dann das Auto, und das Horoskop.
Das Horoskop? fragte Anne und ging neben mir her. – Geld: nichts Besonderes. Beruf: nichts Besonderes. Liebe: nichts Besonderes. Zukunft: nichts Besonderes.
Sowas steht doch in keinem Horoskop, sagte sie.
Hast du eine Ahnung, steht sogar in den Sternen. Ich liebe dich.
Ich möchte, daß es dir gut geht.
Alles kann man nicht haben, sagte ich. – Ein Uhr. Die Spaghetti müssen verkocht sein.
Kannst du denn essen?
Wozu soll ich sonst gekotzt haben.
Als wir das Chalet wieder betraten, auf dem Holz klang's wie ein Truppeneinmarsch, roch die Welt nach Suppe. Die Dame hatte ein blas-

ses Schürzchen mit roten Herzen vorgebunden, und die Wärme in dem kleinen Raum bewirkte, daß sie milder aussah als gestern, außerdem bemerkte sie mich diesmal.
Mais comme vous êtes pâle!
Oui, sagte ich, quand j'étais petit, je m'appelais »Roi des Blêmes«. En secret.
Comment, des blêmes?
C'était de Rimbaud, sagte ich. – C'était dans »Le Bateau ivre« où j'avais trouvé le mot. Quand j'étais petit, je l'aimais beaucoup, le bateau ivre.
Die Dame sah mich an. Ich war also totenbleich und gab immer noch an, sie wußte nicht einmal, womit, und alles auf Französisch.
Bitte, sagte ich, und hielt ihr den Strauß hin. – Es ist nicht prächtig, ich weiß, denn im Wald gedeiht jetzt nichts Prächtiges mehr, wie Sie wissen. Das Besondere an diesem Strauß ist aber: ich kenne keine der beteiligten Pflanzen.
Das ist zum Beispiel Euphorbia, sagte die Dame, und zeigte auf das Palmenkraut, das zehn- oder zwölffingrige.
Ganz gewiß nicht, sagte ich. Euphorbia, das ist zu deutsch Wolfsmilch. Wolfsmilch ist eine hellgrün blühende Schirmpflanze, und wenn man sie pflückt, blutet sie weiß. Das hier hat nicht geblutet.

Die Dame und ich waren allein in der Küche. Sie hatte den Deckel von den kochenden Spaghetti gehoben und schmeckte ab. Nicht mehr al dente, sagte sie. Und: Entschuldigen Sie.
Ich wich zur Seite, als sie die Teigwaren in ein großes Sieb stürzte und darin rüttelte. Dann zog sie ein gewärmtes Becken aus dem Backofen, kippte die Spaghetti hinein und deckte sie mit einem Teller zu.
Sie haben sichere Bewegungen, sagte ich.
Wenn wir allein hier sind, koche ich gerne einfach, sagte sie. – Sie verstehen.
Ich trug die ebenfalls gewärmten Teller aus der Küche in den Wohnraum hinüber. Anne war noch immer nicht zu sehen.
Anne! rief die Dame. – Trinken Sie einen Wein dazu? Pardon, wohl lieber nicht. Wie fühlen Sie sich?
Oh, sagte ich. – Für mich darf's schon wieder Wein sein, auch wenn Sie's einfach machen.
Sie sah mich prüfend an. – Wenn Sie sicher sind, daß Sie ihn vertragen, Sie müssen ja noch fahren.
Der Vers, sagte ich. – Der Vers von Rimbaud ist mir wieder eingefallen: »... où, flottaison blême / Et ravie, un noyé pensif parfois descend.«
Chérie! rief die Dame, diesmal sehr heftig.

Hätten Sie noch ein Glas? – Ich möchte die Blumen einstellen.
Welche Blumen?
Die ich Ihnen gebracht habe.
Die, sagte die Dame. Aber die sind schon dürr. Die brauchen kein Wasser mehr.
Die Pflanze, von der wir nicht sicher sind, wie sie heißt, ist zum Beispiel noch grün, sagte ich. – Erlauben Sie.
Ich nahm ein Weinglas vom Tisch, füllte es in der Küche mit Wasser und stellte die Zweige und Blätter ein, dann brachte ich es auf den Eßtisch. Anne trat ein, sie hatte sich umgezogen, trug ein Hauskleid mit Schottenmuster und darüber einen schwarzen Pullover mit dunkelgrünen Ärmelstreifen und einem lose fallenden Kragen.
Wie geht es dir? fragte sie.
Ich deutete auf den gedeckten Tisch. – Wie soll es mir da nicht gut gehen.
Ich wollte die Sauce machen, sagte Anne. – Wir waren zu lange weg, Maman.
Wie weit seid ihr denn gewesen?
Bis zur Sportschule.
Mein Gott, dann müßt ihr – Sie schwieg.
Hungrig sein, sagte ich. Und zum ersten Mal lachte die Dame, es war stärker als sie, und jetzt sah ich einen Zug von Anne um ihre Nase.

Hoffentlich hast du es nicht übertrieben, sagte sie zu Anne. Beim Essen fragte die Dame: Treiben Sie auch Sport?
Kürzlich, sagte ich, war ich auf dem Vita-Parcours, vous savez? Die Vita-Versicherungsanstalt hat in den meisten Wäldern der Schweiz Trimm-dich-Pfade angelegt, damit die Leute dort laufen, ihr Herz fit halten und nicht zu schnell ableben. Das ist zum Vorteil beider Teile. Nur verändert es die Wälder so stark, daß man sie manchmal nicht wieder erkennt. Das gilt besonders für Wälder, die man als Kind betreten hat. Nicht nur, daß Wege, auf denen Leute im Trainingskostüm gelaufen kommen, plötzlich ihren Reiz verlieren. Die Distanzen sind auch nicht mehr ernst zu nehmen. Damals konnte es sehr weit sein, von einer Stelle zur andern, von der Großen Röhre bis zu der Großen Tanne, oder von den Keltengräbern bis zur Waldburg. Dazwischen gab es dichtes Unterholz, einen verborgenen Bachlauf, eine Stelle, wo Sonnentau, und eine, wo Tollkirschen wuchsen, ich kenne die französischen Ausdrükke nicht, aber das ist jetzt egal. Der Wald hatte eine vierte Dimension, er war begrenzt, aber unabsehbar. Es bedeutete etwas, wenn plötzlich der Waldrand durch die Stämme schien, und es war eine Überraschung, auch wenn man sie

erwartet hatte, wenn man auf einer Lichtung stand. Es gab damals wahrscheinlich nicht mehr Wild als heute, – kürzlich habe ich sogar von einer »Dachsplage« gelesen, obwohl ich noch nie einen freien Dachs gesehen habe –, aber wenn einem ein Reh über den Weg lief, kam es aus dem Unerforschlichen und flüchtete dorthin zurück. Sie verstehen doch deutsch? – Als die Dame zögernd nickte, sagte ich: Heute stehen blaue Tafeln im Wald, auf denen geschrieben steht, wie man die Arme und Beine werfen muß, und wie oft, und wenn man von einer Tafel zur nächsten rennt – die Tafeln sind numeriert, – ist man an allem vorbeigelaufen, was früher eine Einzelheit gewesen ist. Am Ende schwitzt man herrlich, aber man hat den ganzen Wald nicht gesehen und ist eigentlich gar nicht drin gewesen.

Ja, die Entwicklung steht nicht still, sagte Annes Mutter. – Aber wenn die Leute dafür länger gesund bleiben.

Sie rächen sich. Sie machen zwar die Übungen, aber dann rächen sie sich dafür. Es gibt auf dem Vita-Parcours eine Station, wo man sich einen Knebel ins Genick drücken und zehnmal hin und her drehen muß, um die Schultermuskeln zu dehnen. Die Leute machen das auch. Aber jedesmal, wenn ich vorbeikomme, fehlen ein

paar Knebel. Sie sollten in einer artigen kleinen Krippe liegen, statt dessen liegen sie weit unten im Bach. Die Leute benützen sie, und am Ende schmeißen sie sie weg, so weit sie können. In der Schweiz will das etwas heißen.
Anne schwieg, wie gestern, als wir zu dritt gewesen waren. Sie hatte kaum Spaghetti auf dem Teller und trank ihre Milch. Als ihre Mutter bemerkte, ich sähe jetzt wieder besser aus, sah Anne mich an und meinte, ich solle doch noch bleiben und morgen fahren.
Ich habe noch zu tun, sagte ich.
Sie sind Anwalt, fragte die Dame. – Jetzt fragte sie mich etwas zur Person, und die Antwort wußte sie bereits. Ob ich Prozesse führe? – Ich schreibe Gutachten, sagte ich, die meine Kompagnons dann vertreten. Früher sei ich auch vor Gericht erschienen, aber meine Wirkung sei geringer gewesen, als wenn ich im Hintergrund geblieben sei. Es sei vorgekommen, daß ich bei öffentlichen Auftritten meinen Klienten auch bei günstiger Beweislage kein Glück gebracht, ja sogar geschadet habe. Anderseits habe dasselbe Plädoyer, wenn es ein eindrucksvoller Redner führte, schon Strafnachlässe, ja Freisprüche gebracht.
Sie haben Familie und Kinder, sagte die Dame.
Drei Söhne, sagte ich. – Der erste studiert das

Alte Testament und die Bodenbeschaffenheit des amerikanischen Südwestens, der mittlere spezialisiert sich auf prähistorische Echsen, besonders auf Fleischfresser wie den Tyrannosaurier. Der dritte ist grade dabei, sich die neuesten Erkenntnisse über die Entstehung des Universums anzueignen, ausgehend von unserm Sternenhimmel. Er ist für den Urknall.

Dann müssen Ihre Söhne schon älter sein.

Dreizehn, der älteste.

Ihre Frau arbeitet?

Ja.

Anne hält große Stücke auf Ihre Frau.

Ich auch, sagte ich. – Ich möchte Sie noch um eine Gefälligkeit bitten. Die Zündung meines Wagens ist kaputt. Ich muß ihn anrollen lassen, und das kann ich nicht, weil Ihr Volvo davorsteht. Wenn Sie mir den Schlüssel gäben.

Ich kann das machen, sagte Anne, wenn ich dich begleite.

Aber den Kaffee nehmen Sie noch mit uns.

Wenn ich jetzt telefonieren könnte, sagte ich.

Anne und ihre Mutter gingen in die Küche, als ich die Nummer wählte. Die letzte Nummer, eine Null, hielt ich zwei Sekunden fest, bevor ich die Scheibe losließ, ein Trick, der manchmal funktioniert, wenn eine Linie überlastet ist. Es läutete. Mein Telefon hat eine Eigenart. Der

Klingelton beginnt mit einem Schnarren, dann verschluckt er sich, und es läutet normal. Man hört es nur beim Anruf von außen. Der Apparat zu Hause benimmt sich unauffällig. Ich glaube nicht, daß ich abgehört werde, aber der Gedanke ist belustigend, ein Amt wolle von mir erfahren, was ich selbst nicht weiß.

Es klingelt zweimal, dreimal, viermal. Ich hatte mich nicht geräuspert. Die Sauce der Spaghetti schmeckte ich noch im Mund, mit Gewürzen jedenfalls kannte die Dame sich aus. Gerade vor mir standen die Sonnenblumen. Nein, ich starrte nicht in mich hinein. Ich sah die wirklich. Es klingelte. Drei Uhr. Der mittlere Sohn mußte schulfrei haben. Vielleicht spielte er auf der Straße. Hoffentlich paßte er auf. Ich sah das Telefon zu Hause vor mir. Es stand unter dem Bild »Wittgensteins Tür« neben der richtigen Tür, auf dem niedern Lacktisch mit den lila Astern, wenn die nicht abgeräumt waren, und schellte.

Hallo, sagte ich leise. – Grüß dich. Ja. Bei Anne. Ja. Nein. Ja. Gegen fünf Uhr. Auf dann. Ja.

Es klingelte immer noch drüben, schleppender, wie gegen einen Widerstand.

Ein leeres Haus.

Ich hielt den Hörer in der Hand und schaute

Anne, die mit dem Kaffeetablett in der Küchentür stand, in die Augen. Ja, sagte ich nochmals, nickte. – Bitte, komm doch herein. – Ich ließ drüben nochmals läuten, es war keine Einbildung, die Abstände wurden länger. Dann hängte ich auf, langsam, als wäre der Apparat zerbrechlich.
Alles O.K.? fragte Anne.
Es ist niemand zu Hause.
Willst du wirklich gehen?
Ja.
Morgen bin ich allein hier.
Ja, sagte ich.
Jetzt erschien auch die Mutter, das Kaffeegeschirr wurde aufgedeckt. Ich fragte, was ich schuldig sei für das Telefon.
Aber ich bitte Sie. – Sie haben eine ruhige Hand, sagte die Mutter, als ich den Kuchen zerschnitt. Sie sehen überhaupt viel besser aus.
Ich weiß, sagte ich. – Früher konnte man mich immer erschrecken, wenn man sagte, ich sehe schlecht aus, angegriffen, müde, was weiß ich. Ich fürchtete mich dann vor dem Tod.
Wenn die Leute so etwas sagen, meinen sie es meistens gut, sagte Annes Mutter.
Das meinen sie nur, sagte ich.
Rauchen Sie doch.

Es ist die erste, die ich seit gestern rauche, sagte ich, das ist eine Leistung.
Haben Sie nie daran gedacht, es ganz aufzugeben?
Früher, sagte ich, jetzt nicht mehr so oft. Wenn ich arbeite, muß ich rauchen.
Sie arbeiten wahrscheinlich zuviel, sagte die Dame.
Das versteht sich, sagte ich.
Ich nahm Abschied von den Sonnenblumen. Im Fenster ließ eine riesige Linde hin und wieder ein Blatt fallen, aber es regnete nicht mehr.
Es regnet nicht mehr, sagte ich. Ich möchte mich bedanken.
Keine Ursache, sagte die Dame. – Wollen Sie Ihren Strauß nicht mitnehmen?
Sie müssen ihn noch bestimmen, sagte ich. – Und ich entschuldige mich wegen dem Hut.
Wenn ich den Volvo verschiebe, sagte Anne, kann ich auch gleich hinfahren und ihn holen.
Meine Tasche, sagte ich.
Dann drückte ich der Dame die Hand. – Kommen Sie nicht mehr mit hinaus, sagte ich, es regnet nicht mehr, aber es friert.
Wir bleiben auch nicht mehr, sagte die Dame, jedenfalls ich, ich fahre morgen. Und Sie, seien Sie vorsichtig. Die Unterlage ist tückisch, und

man muß mit Licht fahren, besonders den Jura entlang.
Anne hatte ihre Ami-Jacke wieder angezogen. Wir gingen den Kalkweg hinunter, nach wenigen Schritten war das Haus im Dunst verschwunden, und ich konnte nicht sehen, ob die Mutter vor die Haustüre getreten war. Daß es im Wallis geschneit hatte, war anzunehmen.
Wir haben es heute morgen noch gut getroffen, sagte ich.
Wir küßten uns. Anne zitterte. Mach, daß du ins Haus kommst, sagte ich.
Ich hole noch den Hut, sagte sie.
Unsinn.
Ich möchte.
Dann hole ich den Hut und bringe ihn her.
Nein.
Warum nicht?
Weil du jetzt nach Hause fährst und nirgends mehr anhältst. Du kannst gar nicht mehr anhalten.
Stimmt. Das hatte ich vergessen.
Es ist *nicht* Luc's Hut, sagte sie. – Ich schwöre.
Sie wischte das Vorderfenster meines Wagens und starrte durchs Glas. Ich legte ihr meine Hände auf den Rücken.
Du hast ja auch kein Benzin mehr, sagte sie.

Doch, der Zeiger gibt nicht an, wenn die Zündung ausgeschaltet ist.
Hast du genug Benzin?
Ich habe sogar einen Reservetank.
Aber wenn du nicht anhalten darfst. Du kannst nicht mal tanken.
Ich fahre, bis ich stehenbleibe. Leute gibt's überall. Ich fahre nicht aus der Welt.
Erst fährst du an, sagte sie, und ich gehe weg. – Wart.
Sie kratzte mit den Nägeln den Windschutz des Volvo blank, dann die Hinterscheibe, und riegelte ihn auf. Nach ein paar Augenblicken begann der Wagen zu beben, dann stieß er kleine regelmäßige Wolken aus dem Auspuff, fuhr langsam rückwärts weg, die Lichter gingen an. Ich warf die Tasche auf den Hintersitz, wischte die Scheiben und drehte den Schlüssel. Erst gar nichts, tot. Dann ein stärkerer Druck: das Weinen. Immer noch. Kupplung aus, Gang rein, Handbremse runter, rollen, Linkskurve in die Straße hinaus, weiterrollen, Nerven, Abblendlicht, hoffentlich keiner von hinten. Langsam einkuppeln. Ruck, Gespucke, Gestotter, Quälerei. Choke raus. Gestotter heftiger, aber solider. Da. Der Motor. Leergang, rechts ranfahren, nur schwach rollen, heulen lassen. Geblinke hinter mir, ausgerechnet. Überhol doch,

Idiot, ist ja alles frei, bis zu den ersten Häusern. Ist ja kein Idiot, du bist es ja. Aussteigen, noch was sagen. Nur erst sicher sein, ob der Motor warm genug. Ziert sich beim Einkuppeln. Gas bedenklich schwach. Anhalten bei so schlechter Sicht, aussteigen: unverantwortlich. Wenn ein Dritter. Und nicht weiß, was hier läuft. Geh doch, Anne. Tut sie nicht, kann sie auch nicht, mitten im Dorf. Und jetzt die Steigung. Also, steig erst mal schön, nicht so langsam. Nicht schlappmachen jetzt. Und du da hinten so dicht drauf. Nochmals Leergang. Drehzahl aus dem Keller holen. Heulen lassen. Einkuppeln, zart, als hinge das Leben dran. Und schon wieder fast im Stand. Die Kirche links, der Friedhof. Die dort machen's auch mit der Ruhe. Zieht er? Er entschließt sich. Aber wie. Kriechspur müßte hier sein. Komm, komm. Und plötzlich ein Stoß, das Gas flüstert nur noch, aber der Wagen fährt wie gezogen. Wie geschoben. Durch die tauende Hinterscheibe Annes Gesicht, verwischt, aber nah, verboten nah, und lacht. Oder lacht gar nicht, im Rückspiegel steht das nicht fest. Sie schiebt mich den Berg hinauf. Wenn das gut geht. Wenn sich da nichts verhakt. Und wenn. Ich trete aufs Gas, ich höre mich, ziehe an, davon, Annes Gesicht fällt zurück in den Dunst, kommt noch einmal näher.

Jetzt nicht mehr, Anne, laß die Scherze. Ich fahre jetzt, und fahre zu.

Auf der Höhe des Hügels gehen die Scheinwerfer des Volvo an, alle vier, ein Fest von Lichtern. Danke, ich hätte den Wegweiser auch so gesehen. Der Renault, das bin ich, nach links, er hupt zweimal kurz, das genügt. Und der Volvo fährt lautlos rechts ab, eine Bewegung, die im Rückspiegel gedehnter aussieht, als sie sein kann. Die Rücklichter schon weit im Nebel, und alles für einen Hut.

XI

Angenommen – diese Annahme kostet noch nicht das Leben –, ich führe immer so weiter. Der Straßenzustand spräche nicht dagegen. Eis auf der Fahrbahn würde man spüren: am Schwimmen des Steuers, am Gekräusel im Rükkenmark.

Ein Kinderspiel. So haben wir mal gewettet, das Grauen und ich. Ich sage: ich mach jetzt die Augen zu und geh auf dem Bordstein immer so weiter. – Da wirst du aber nicht weit kommen, sagt das Grauen. Bis zur Straßenlampe, sag ich. Längst nicht, sagt das Grauen. Ich schwöre, sag ich. Geh schon, sagt das Grauen, ich häng mich an deine Füße, damit dir nichts passiert.

Zehn Schritte, dann wurde der Widerstand unüberwindlich. Worauf du wohl zugehen magst, sagt das Grauen. Blinzeln gilt nicht, sagt das Grauen. Du hast schon aufgegeben, sagt das Grauen. Und da steh ich zwanzig Schritt vom Lampenpfosten entfernt, nicht mal sein Schatten hat mich gestreift, ich bin allein auf weiter Flur, und die Augen stehen mir offen vor Scham.

Wenn du groß bist, werde ich noch größer sein, sagt das Grauen. Ich werde dich halten wie eine Mutter, denn was auf dich zukommt, wird noch viel grauenhafter sein als ich. Öffne die Augen, wir sind eins, du und ich, du hast verloren, aber ich habe nicht erlaubt, daß du verlorengehst.
Nein, sage ich am Steuer.
Ich müßte nicht einmal die Augen schließen. Bei 120 Stundenkilometern genügt es, wenn ich den Fuß auf dem Gas lasse und das Blatt betrachte, das im toten Winkel der Wischer haften geblieben ist. Ich könnte auch einem Baum nachsehen. Die Straße ist leer, und im Schutz der Pappelflucht, die sie begleitet, würde der Wagen die Spur noch eine Weile halten. Nur etwas vergessen muß ich mich. Einem Baum nachsehen, als stände er für alle meine Versäumnisse da. Ihm so lange nachsehen, bis er aufhört, ein Bild zu sein und zusammenstürzt mit mir selber, mit Fleisch und Blut. Wo er steht, werde ich gewesen sein; werde, für das Zuschlagen eines Augenblicks, *ich* gewesen sein. Ein Sprung über alles dagewesene Grauen hinaus hinter Wittgensteins Tür. Ich werde mich identifiziert haben. Für die andern genügt dann wohl ein Nummernschild.
Da fährt ein Mann immer so weiter. Plötzlich hat er einen Wunsch: einmal im Leben möchte

er etwas nicht selber tun. Er braucht dazu kein Versprechen zu halten, nur das Steuer. Vielleicht ist ihm nicht mehr zu helfen; vielleicht ist ihm nur nichts geschehen. So weit, daß das einen Unterschied macht, fährt er heute nicht mehr. Er denkt an Bäume, während er Pappel um Pappel überholt. Es muß nicht immer er sein. Ich könnte so fortfahren.
Ich denke an Bäume. Sie wechseln ihre Blätter nicht zum Spaß, oder damit wir von einem schönen Herbst reden. Sondern damit sie nicht verdursten. Grünes Laub: zu viel Verdunstungsoberfläche bei zu wenig Feuchtigkeit. Der Winter ist die Trockenzeit der Bäume, nicht überall, aber hier.